周月亮文集

孔学儒术

周月亮　著

学快乐真功夫

周月亮

中国科学技术出版社

·北 京·

图书在版编目（CIP）数据

孔学儒术 / 周月亮著. -- 北京：中国科学技术出
版社，2024.1
（周月亮文集）
ISBN 978-7-5236-0414-4

Ⅰ.①孔… Ⅱ.①周… Ⅲ.①儒学—研究 Ⅳ.
①B222.05

中国国家版本馆CIP数据核字（2024）第003922号

总 策 划	秦德继
策划编辑	周少敏　胡　怡
责任编辑	胡　怡　赵　耀
封面设计	余　微
正文设计	王　丹
责任校对	吕传新　焦　宁　邓雪梅　张晓莉
责任印制	马宇晨

出　　版	中国科学技术出版社
发　　行	中国科学技术出版社有限公司发行部
地　　址	北京市海淀区中关村南大街16号
邮　　编	100081
发行电话	010-62173865
传　　真	010-62173081
网　　址	http://www.cspbooks.com.cn

开　　本	880mm×1230mm　1/32
字　　数	1936千字
印　　张	86.25
版　　次	2024 年1月第 1 版
印　　次	2024 年1月第 1 次印刷
印　　刷	北京世纪恒宇印刷有限公司
书　　号	ISBN 978-7-5236-0414-4/I・83
定　　价	498.00 元（全11册）

周月亮

河北涞源人，中国传媒大学学术委员会委员，阳明书院院长、教授、博士生导师。

另有心学、智术系列著作分别汇刊。

自序：误解与希望

世代如落叶。代代人大多乱七八糟地活、稀里糊涂地死，少数坚持明白地活、尊严地死。反思其中的滋味，留下悲欣交集的辞章，后人的解读不过拾几片落叶。后之视今如今之视昔，这条精神链扭结着误解与希望。误解如秋风中的落叶，希望如落叶中的秋风；误解如烦恼，希望如菩提；误解如无明，希望如净土。谁能转烦恼成菩提？谁的误解即希望？恐怕差不多的人的希望却是误解吧。尽管如此，留下的落叶，好生看取也有雪泥鸿爪。

《孔学儒术》中，儒术的精要可用"中而因通"来简括："中"是"执两用中"的"中"，儒家的中庸与释家的中观目的不同，道理相通。"而"是"奇而正、虚而实"的"而"，其哲学要义在"一与不一"，是对付悖论的最好的智慧，不"而"则不能"中"。"因导果"是世间出世间的总账，"因"字诀最普适的妙用是引进落空。不通不是道，通道必简。化而通之概括了"因"的意义，通则久。

《〈水浒〉智局》透析了《水浒传》中智慧、权力、暴力的关系：函三为一、一分为三，合则为局、析则为戾。水浒人此处放火、彼处杀人之朴刀杆棒生意串成江湖版的《孙子兵法》。宋江能够统豺虎是"阴制阳"，梁山好汉被朝廷赚了也是"阴制阳"。阴为何物？直教一百零八好汉生死相许！

《性命之学》以性命作为重估文人价值的标准和依据。穿透了虚文世界曲折的遮蔽，才能探讨人自身的性命下落。性命之学由心性谱写。近世让人心酸眼亮的"心性"有王阳明、李卓吾、唐伯虎、曹雪芹、龚自珍、鲁迅等，他们是塔尖。他们提得住心，所以他们的心性剧有声有色。

《〈儒林外史〉士文化研究》提取了《儒林外史》展示出的贤人困境、奇人歧路、名士风流、八股士的愚痴等士子型范；在封建时代，士文化的根被教育败坏了。用教育来反教育，是古代中国士文化传统的一部分。

《儒林外史》中每一张脸都是一座碉堡，文学人物是现实人格的象征，《〈儒林外史〉人物品鉴》透视封建时期士人"没出息"的活法、自己骗自己的文化姿态，以及他们无路可走的"不在乎"的无奈。最窝囊的是，当时的文人说不出一句明心见性的话。

《王阳明传》呼吁善良出能力来：对人仁从而鉴空衡平、爱"爱心"而天良发现。良知顿现，难事易办。心学是意术，是感觉化的思想、哲学化的艺术，是修炼心之行动力的功夫学、成功学。致良知教世人柔心成真人。

现象即本体，影视通巫术，方法须直觉，效果靠博弈：《电影现象学》旨在使影视艺术能有自己的本体论、方法论。

文化即传播，只要一"化"就有传播在焉。我几千年文明古国，锦绣江山，传播玉成。《文化传播》写的是文化的传播即传播的文化。

《揉心学词条》想总结误解发生的思维机制（意向三歧性）、误解发生的心理机制（欲望三重化）、误解发生的语言机制（言语的三不性）、误解发生的行为机制（互动反馈误差扩大），想建立"误解诊疗术"，但只是沙上涂鸦，更似煮沙成饭。

家，是移情的作品。院子是境，也是景。情景交融，在美学上值得夸耀，在生活中是不得不做的事情。"我"寄寓于别人家院子，像小件寄存一样。《在别人家的院子里》是我印象深刻的生活经历。

刺刺不休十一卷，诚不足称之为著作，只是我造句几十年的一个坟丘（另有百万虚构类文字已被风吹）。其中包着误解，也含着希望。误解，是人自我活埋的本能。希望，是人自我生成的器官。"我"因对希望心不诚而自我活埋着。

最后，我满怀深情却文不对题地抄几则卡夫卡的箴言：

> 生的快乐不是生命本身的，而是我们向更高生活境界上升前的恐惧；生的痛苦不是生命本身的，而是那种恐惧引起的我们的自我折磨。

它（谦卑）是真正的祈祷语言……人际关系是祈祷关系，与自己的关系是进取关系。从祈祷中汲取进取的力量。

生命开端的两个任务：不断缩小你的圈子和再三检查你自己是否躲在你的圈子之外的什么地方。

2023 年秋

目　录

孔子的"穷讲究"精神

　　《论语·乡党》素被视为孔子的行状,也的确勾勒出了一个守礼君子的方方面面。因是可信的"第一手材料",便一直相当于权威部门的"纪录片"而被传播着。就这些材料所看到的而言,孔子居然是个"恂恂如""暗暗如"的小职员,是个"割不正,不食""席不正,不坐"的教条主义者,是个随时都在有意识地保持自己形象的人。很难相信这一个"穷讲究"的人怎么可能是个"志于道"的理想主义者。这固然是礼教圣人的标准模式,但仅凭这一点,他是不可能成为令后人景行仰止的"至圣先师"的。

　　《史记·孔子世家》才算完整的正传,司马迁以《论语》为基本,化议论为叙述,间采其他经传,凸显出一个明确的"素王"形象:孔子绝非一个理想主义空谈家,而是一个存雄有术、有体有用的"良相"、帝王师;他不但是一位善于改造自己的圣贤,还是一位能改造世界的英雄:

　　　　定公十四年,孔子年五十六,由大司寇行摄相事。……于是诛鲁大夫乱政者少正卯。与闻国政三月，粥羔豚者弗饰贾，男女行者别于涂，涂不拾遗；四方之客至乎邑者不求有司，皆予之以归。

但是，那种"穷讲究"精神使他因季桓子"受齐女乐，三日不听政"而离开鲁国，因卫灵公好色胜过好德而离开卫国……绕树三匝，无枝可依，终被人讥为"累累若丧家之狗"，更有意思的是，孔子听后却"欣然笑曰：'形状，末也。而谓似丧家之狗，然哉！然哉！'"

他有宰相之才而终甘当丧家狗，并且当得不怨天不尤人——"子之燕居，申申如也，夭夭如也"（《论语·述而》）。这就是我们要说的孔子的脾气，也是孔子开启的中国纯正儒生的一个传统：士志于道，行己有耻。

随着社会的变动，士由贵族降为"四民之首"，开始了"待价而沽"的生涯，形成了"学成文武艺，赁于帝王家"的供销关系，这些待后面细说。且说要算中国第一士的孔子（事实上并不是，只因孔子具代表性，姑且这样说），为什么要在宰相与丧家犬之间选择后者？简言之，他就是"穷讲究"，不肯无耻。

先说这个"穷讲究"。他所讲究的正是他所志于道的形式——礼，他的"穷讲究"正是在"证道"。今天，我们已无法感受孔子循礼蹈节的体验了。因为，人性是个开放的系统，有千年如一日的内容，也有日新月异的内容。而且，我们这里只说孔子的脾气——他的"穷讲究"精神，这份精神已不是"席不正，不坐"等在细节上循正理的问题了，它上升为一种"以理抗势"的精神、尊道不尊势的态度。在道与势不一致时，出处成了大节。这里包含一个纠缠性的难题，跟随孔子多年的子路深有体会：明知道行道是不可能的了，但不出仕又不符合君臣伦理（《论语·微子》）。但事无道之君又远仁害义。这事实上是礼的形式与内容发生了矛盾（孔子周游列国以寻求解决的方法，却不得不退回书斋从理论上来解决了），而且儒家强调弘毅进取，以济世救民为己任，不出仕，何以兼济天下？这样的大节问题如果不讲究就易滑向"苟取"。沦为"苟取"，手段就异化了目的，到手了也就变味了。所以，必须"穷讲究"。孔子讲究出了一个可操作的、落实到做人上的标准：不能无耻，洁身以进，洁身以退。

孔子以政治黑暗，还当官领俸禄为士之大耻：

> 宪问耻。子曰："邦有道，谷；邦无道，谷，耻也。"
> ——《论语·宪问》

《论语》里面，这种意思的话重复多次，也许不是编者不慎，而是孔子年年讲、月月讲的缘故，例如："邦有道，贫且贱焉，耻也；邦无道，富且贵焉，耻也。"（《论语·泰伯》）所以，邦无道，就必须"卷而怀之"。而且，孔子为什么对颜渊评价那么高，原因之一就是他看出了，他那一群学生中，能够做到"用之则行，舍之则藏"的，只有他和颜渊（《论语·述而》）。唯修养到这种境界，才能居陋巷不改其乐，才能甘当"丧家之狗"，并昂起高贵、智慧的头颅。

为什么邦无道，还当官领俸禄就是无耻呢？这涉及儒家一项基本原则，即著名的"义利之辨"。如见利忘义，便背叛了士的基本品质。《论语》里面贯穿着一个与"仁"相表里的"何为士"的主题：

> 士不可以不弘毅，任重而道远。仁以为己任，不亦重乎？死而后已，不亦远乎？
>
> ——《论语·泰伯》

以实现仁德于天下为己任，就叫"志于道"，是士的总纲。孔子分别针对不同的学生阐述怎样才能成为一位有名的士，中间有不少细目，但"行己有耻"是前提性的要件。孔子已看透了执政诸公均是既得利益者，是见识庸凡、胸襟狭小的"斗筲之人"，他们不入流、不足恃——"何足算也"！真正能够弘道的社会力量只有不属于任何特定阶级的"忧道不忧贫""谋道不谋食"的士。明白了这一点，就能体会孔子听人家说他是丧家犬时表露出的那种欣慰的笑意了。明代可入圣徒行列的吕坤颇得其中三昧：

> 以时势低昂理者，众人也；以理低昂时势者，贤人也；惟理是视，无所低昂者，圣人也。
>
> ——《呻吟语·应务》

孔子这倔脾气本能令后代的"老板"们尴尬、难堪的，可是却被利用了去；本能给倡言君尊臣卑的后儒以"形击"的，却被歪曲了去；唯给"死守善道"的纯儒提供着恒久的启示。

圣凡之别在于能否将理想坚持到底，孔子到了悲慨将"乘桴浮于海"的地步，还"穷讲究"："鸟能择木，木岂能择鸟乎！"（《史记·孔子世家》）——他要坚守士的"自由身"。

天将以夫子为木铎

孔子恪守"行己有耻"的原则，并不相当于圣雄甘地的不合作主义。孔子只是主张"事君以道"，道不同则不相与谋。卫灵公问他行军布阵之法，他说他只懂礼仪，并且次日就辞行了（《论语·卫灵公》）。他再次返回卫国后，国君也真想重用他，他也跃跃欲试地要从"正名"入手来一番治理整顿。可是掌实权的孔文子却跟他请教攻打太叔的谋略，他只有"辞不知，退而命载而行"！正好鲁国"以币迎孔子"，他便返回阔别十四年的故乡。具有讽刺意味的是，鲁国之所以要隆重迎接孔子，是因为他的学生冉有刚帮季康子打了一场胜仗，季康子问冉有是天生的会打仗，还是跟别人学的，冉有说是跟老师孔子学的，季康子请回孔子还是为了策划战争（《史记·孔子世家》）！

孔子最憎恶暴力残杀，尤其憎恶这种"征伐自诸侯出"的混乱局面。他相信善人连续施行仁政一百年，就可以削除暴力残杀（《论语·子路》），可是那些军政寡头都在忙着进行兼并战争。他周游列国不能行其道，只有放弃"道行"这一路，退而授徒编书以保

"道尊"。

孔子的"道"体大思精，但贯穿着一个基本特征，那就是讲求公正合理。执政的人要直道治国，保持社会公正（"政者，正也""公则说"）。每一个人都要活得正派坦诚（"人之生也直"）。世界应该按照合理的原则和谐运行，不能听任各种力量混乱冲撞。用今天的话说，他是个"秩序派"。他认为最好的秩序就是周礼了；而且他相信，即使现在不能恢复周礼，百年以后也会出现"继周者"（《论语·为政》）。

他选择周礼既不是盲目保持旧习惯，更不是他这个没落贵族要复辟，而是因为他在旧秩序中过的是卑贱的生活（"少也贱"）。按阶级论说，他该反对周礼，追求翻身得解放。孔子的选择是文化人选择文化形态的那种"文化选择"，是一种理性的态度，追求的是道义，而非功利。他常讲"君子喻于义，小人喻于利"，这正是这种心态的最好说明。不管后人怎样评价孔子学说的历史作用，它洋溢着"大公至诚"的情调都是不争的事实。

他认为"博施于民而能济众"是最高的理想境界，是比"仁"还要高的"圣"的境界，连尧舜都不大可能做到的（《论语·雍也》）。在古代，一般的治理国家的策略，无非是利诱和刑罚。孔子认为这两种做法都有后遗症，是以败坏人性为代价的。

他希望有一个"好人政府"，执政者身正德高，具有"不令而行"的影响力，像风吹草一样化治天下。这不仅要求执政者"先之劳之"，不知疲倦地带头工作，还要体现出礼义的合理原则、道德力量，能公平分配，举贤任能，使人们安居乐业，"近者悦，远者来"。

在解决了人们的温饱问题后（"富之"），注意提高他们的文化素养（"教之"）。用礼义规范人们的日常行为，使各类各级的人都各得其所，忠恕安身，相亲相敬……由小康臻达大同。

孔子向世人描述的"礼的世界"是一片乐土，内外和谐。但要进入"礼的世界"，无论是一个国家、一个地区，还是一个人，都得遵循一套规范。而人们对规范本身很难自觉遵守，并极易误解、歪曲，甚至践踏。礼的规范性固然有制约力量，但它没有强制性，本身就排斥杀、罚一类强制性手段。怎么办？只有首先说服那些执政者制定保持一套良好的体制，再教导所有人去自觉遵守。这是一种不得已的循环：只能靠思想观念解决问题。而儒家也定位于此：在庙堂则制礼作乐以美政，在民间则兴教化以美俗。

儒者所能做的也只是理论工作，所以孔子说："必也正名乎！"子路说孔子太迂腐了，正名能解决什么问题——就像许多务实的人瞧不起务虚的人一样。但孔子并不这样认为，他认为这个世界之所以这么混乱，归根结底就是名实舛错，做国君的不像个国君的样子，做臣子的不像个臣子样。所谓的"正名"就是厘清标准，统一认识，便能起到端正思想的作用，从而能使正确的意图不走样，贯彻执行：

> 名不正，则言不顺；言不顺，则事不成；事不成，则礼乐不兴；礼乐不兴，则刑罚不中；刑罚不中，则民无所错手足。
>
> ——《论语·子路》

孔子的正名工作，其实主要是针对掌权人而言的。他认为"子欲善而民善矣"。领导人的作风好比风，老百姓的作风好比草。风向哪边吹，草向哪边倒。可是最能误解孔子思想的首先就是那些领导人，他们专拣有利于自己的一面来发挥：

> 齐景公问政于孔子。孔子对曰："君君，臣臣，父父，子子。"公曰："善哉！信如君不君，臣不臣，父不父，子不子，虽有粟，吾得而食诸？"
>
> ——《论语·颜渊》

齐景公这样想问题，说明他本身就是个只"见小利"的国君，他的回应只能令孔子啼笑皆非。孔子另外讲过："见小利，则大事不成。"孔子反对这种片面的予取予夺，因为礼的本意就是合理、均衡。有若跟鲁哀公讲的话，才符合孔子的本意："百姓足，君孰与不足？百姓不足，君孰与足？"（《论语·颜渊》）

当子夏说礼乐产生在仁义后（"礼后乎？"）时，夫子大为欣慰（《论语·八佾》）。以仁释礼，不仅是孔子的贡献，也是孔学的生命线。孔子"为政以德"（《论语·为政》）的道德治国论，坚持了一种伦理高于历史的立场，这使孔学的人文精神经天贯地、地久天长。

孔子在"道行"与"道尊"不能相合的矛盾中，采取了"施于有政"（《论语·为政》）——通过道德教育影响政治的方略。这个立场和孔子的一系列言论就形成了后来所谓的道统。王朝有兴替、儒学有盛衰，这个道统不灭不绝。

颜回与子贡

大规模的私人办学，孔子是中国第一人。儒家学派就是在办学中创立起来的——一部《论语》就是孔子答弟子问，然后他的弟子再下传其学生，孔门学风遂遍传寰宇。

孔子办私学，走自由思想家的路，不为哪一家政权服务，办学的宗旨是弘道，所以他坚持"有教无类"，开展平民教育。他的弟子除了南宫敬叔、孟懿子是鲁国贵族子弟，其他人差不多都是贫寒之士：颜回居陋巷；子路食藜藿，百里负米以养母；曾参亲自耘瓜地，母亲是个织布妇（《说苑》卷三）；子张是鲁之鄙人（《吕氏春秋·尊师》）；闵子骞曾穿芦衣为父推车。不管十条干肉（"束脩"）到底价值几何，孔子反正办的是平民教育，与贵族官学不但阶级属性不同，而且思想倾向也大不相同。他说"君子不器"（《论语·为政》），"吾不试，故艺"（《论语·子罕》），表扬从学三年，不问"谷"（找工作，要工资）的学生。尽管学生的出路可能是"赁于帝王家"，但孔子并不以给官方训练服务人员为办学宗旨。

他推行的是通识教育，开"德行、政事、言语、文学"四门专业以培养通人，尊德行、道问学合而为一。具体的教学方式可能是漫谈对话、随机点拨、"心理暗示"、循循善诱。年龄比他只小九岁的子路还经常跟他开玩笑。但夫子自言，自从有了子路，没人能当面骂他了（《史记·仲尼弟子列传》）。尽管子路对夫子最忠诚，但夫子认为子路好勇过自己，却"无所取材"（《论语·公冶长》），不能很好地体现夫子的文化品格。真正成了孔学范式的人物是颜回与子贡。如果二人能合二为一，当能成为胜于蓝的新孔子。颜回说："子在，回何敢死？"颜回死后孔子仰天长叹："天丧予！天丧予！"这已成为耳熟能详的佳话，下面从《史记·孔子世家》中摘抄一段，以见子贡与孔子的情谊：

> 孔子病，子贡请见。孔子方负杖逍遥于门，曰："赐，汝来何其晚也？"孔子因叹，歌曰："太山坏乎！梁柱摧乎！哲人萎乎！"因以涕下。谓子贡曰："天下无道久矣，莫能宗予……"后七日卒。
>
> 孔子葬鲁城北泗上，弟子皆服三年。三年心丧毕，相诀而去，则哭，各复尽哀；或复留。唯子贡庐于冢上，凡六年，然后去。

《论语》中子贡占的篇幅比颜回要多，不仅因为子贡是"行动的人生"，颜回是"内省的人生"，还因为子贡是孔子的助教和"贴身大秘"，相当于梁启超任万木草堂的学长，辅导其他师弟。而且，子贡问的问题也最多，问仁、问友、问为政、问伯夷何如人……

赞颂孔子的话差不多均出于子贡之口，例如"天纵之将圣"（《论语·子罕》）、"仲尼，日月也"（《论语·子张》）。颜回评孔子的话朴素而深入："仰之弥高，钻之弥坚。瞻之在前，忽焉在后。"最能理解孔子深心高情的是颜回。

> 子贡曰："夫子之道至大也，故天下莫能容夫子。夫子盖少贬焉？"
>
> 颜回曰："夫子之道至大，故天下莫能容。虽然，夫子推而行之，不容何病？不容然后见君子！夫道之不修也，是吾丑也。夫道既已大修而不用，是有国者之丑也。不容何病？不容然后见君子！"
>
> ——《史记·孔子世家》

孔子批评子贡贬道求容无远志，听了颜回的话却"欣然而笑"，竟表示："使尔多财，吾为尔宰。"但颜回和孔子不可能有财，也永远不会有财。而子贡后来"最为饶益"，《史记·货殖列传》载："子贡结驷连骑，束帛之币以聘享诸侯，所至，国君无不分庭与之抗礼。夫使孔子名布扬于天下者，子贡先（孔子生前）后（孔子死后）之也。此所谓得势而益彰者乎？"

孔子早就说过，子贡是"瑚琏"之器。齐欲进犯鲁国，孔子要保卫家乡，想派弟子去帮助鲁国，子路、子张等都请命欲往，孔子不许。子贡请行，孔子放心地让他去了。子贡那一套纵横捭阖之术，简直让人眼花缭乱，借左制右，以此削彼，结果是："子贡一出，

存鲁，乱齐，破吴，强晋而霸越。"(《史记·仲尼弟子列传》)

孔子说："贤哉，回也！"但颜回却什么也没干过。唯楚令尹子西说他是个无人比得了的"王之辅相"，不知有何根据(《史记·孔子世家》)。两千多年来，人们更多地问道：他干什么了，那么伟大，伟大到孔颜并称的地步，孔子还几次自言不如颜回。大概因为样子有点儿愚的颜回能做到"三月不违仁"，能守住中庸状态。孔子眼中能当得起"仁"字的只有颜回。子路、冉有、公西赤各有偏才，都谈不上"仁"；忠如令尹子文，清如陈文子都谈不上"仁"(《论语·公冶长》)。看来道德的伟大并不在于干了什么，而在于不干什么。

"大上有立德，其次有立功。"(《左传》)

安贫乐道

孔子当然无须借用两千年后一个洋人的术语来做身份，但本雅明的"拾垃圾者"的确是对孔子的一个绝好的形容。孔子好古敏求，成为当时公认的一流的古礼、古乐、古文献的专家，他收集整理殷周礼乐，晚年居于"室内"——在充满传统的古色古香的气氛中把自己同虚无和混乱隔开。

孔子的一生尝尽失败、挫折，但他并未悲愤交加而英年早逝或精神幻灭而自绝于世。孔子是个有经纶、有斟酌的人，在认识自己与世界的关系时，仁智并用，"极高明而道中庸"。还有，孔子竟出人意外地赞同潇洒派曾点的志向。曾点运用的是意象表达法，用一种生活场面体现出一种精神境界、生命风格：

> 莫（暮）春者，春服既成，冠者五六人，童子六七人，浴乎沂，风乎舞雩，咏而归。
>
> ——《论语·先进》

曾点也许只是口头三昧，夫子却"喟然叹曰：'吾与点也！'"毫无浮泛光景，当中见出孔子之"性地风光"。

这个片段隐喻了多层意蕴。从社会内容角度看，像是尧舜治世，天下归仁，邦家无怨，大同乐园；从哲学层面看，则是一种"基于礼的超越意识"（今道友信语），是一种天人合德的逍遥气象。作为一种人生态度，则是一种"引而不发""无可无不可"的状态，显示着"士穷不失义，达不离道"两种可能性，是独善与兼济和谐统一的情态。孙奇逢说："淡泊宁静是尼父真血脉。"若无这份淡泊宁静的情志，难免降志辱身、枉道求容，他于是成为汉代之儒，而非至圣先师了。但孔子绝非隐怪一类，不走高蹈一途，他明确地说，他既不降志辱身，也不隐居放言，他"无可无不可"（《论语·微子》）。孔子走着一条中庸求正之路，"遥而不道"（王夫之说，这是游于大者；游于小者，则是逍而不遥。见《庄子解·逍遥游章》），从客中道，不做道家那种绝对无待的极端要求，而是将有待的状态相对无待化。

精神超越实有世界是人性的一个特征，也是人文学说的一个潜在的支点。孔子又是一个专门探究"智者乐""仁者不忧"法门的精神现象学专家，譬如"君子求诸己""游于艺"等都是步入"乐感文化"殿堂的要道。而"超越"是快乐的根本保障，不超越就难做到"人不知而不愠"，而没有精神生活也很难做到"贫而乐"。

　　子曰："饭疏食（粗粮）饮水（冷水），曲肱而枕之，乐亦在其中矣。不义而富且贵，于我如浮云。"

——《论语·述而》

同理，志于道而耻恶衣恶食，便被孔子归入不足取的层次（《论语·里仁》）。他认为"士而怀居，不足以为士矣"（《论语·宪问》）。他想搬到九夷去住。有人说："那地方非常简陋，怎么好住？"孔子的回答成了一则著名的格言："君子居之，何陋之有？"（《论语·子罕》）只有这种人生态度，才能实践：

> 志于道，据于德，依于仁，游于艺。
>
> ——《论语·述而》

"游于艺"是修养功夫的极致，也被视为古典美学的巅峰境界。这里只想说，没有"游于艺"的情智满足，很难在熙熙攘攘的尘寰中独立不移地坚持下来。志道据德、依仁游艺，自孔子后成为中国文教传统的"范式"，看看康有为以这四句话为纲确定的"学规"（《长兴学记》），就能感受到它巨大的生命力了。

有了这条"乐道"，才能做到：

> 君子之于天下也，无适也，无莫也，义之与比。
>
> ——《论语·里仁》

这样反而能以天下为己任，以仁为己任，拥有曾子所说的"弘毅"精神（《论语·泰伯》）。"游于艺"是一种超功利状态，超越了功利才能"务本"，"本立而道生"（《论语·学而》）。如能"闻道""证道"，当然就可以登泰山而小天下了。孔子也就是这样把原先"柔顺取容"的儒学改造成了至大至刚的弘道之儒。

本来，"从吾所好"（《论语·述而》）有点儿自以为是，是孔子反对的那种封闭性作风（"毋意，毋必，毋固，毋我"），但唯"从吾所好"，才能"笃信好学，守死善道"（《论语·泰伯》）时，它又变成了"君子儒""小人儒"的分界线。

乐道与否，对于学人来说，区分的关键是为人之学，还是为己之学，尤其是势与道分离而矛盾时，走哪一条路泾渭分明。孔子对学问之美有着超凡的偏嗜，这是他唯一孜孜以求的对象——"学如不及，犹恐失之"（《论语·泰伯》）。孔子闻《韶》乐而能三月不知肉味也够浪漫多情的。"韦编三绝"之类的佳话可以给他唯以好学自许的话当注脚（"十室之邑，必有忠信如丘者焉，不如丘之好学也。"《论语·公冶长》）。为己之学是在享受文化，明人耿楚倜对其妙处的总结颇可参考：

> 俗情浓艳处淡得下，俗情苦恼处耐得下，俗情劳扰处闲得下，俗情牵绊处斩得下，斯为学问真得力处。
>
> ——《四书遇·怀居章》

人们曾以为孔子是宣扬"学而优则仕"的"祸首"，其实这句话是子夏说的，而且它的本意是必须将德行、学问敦实（优）后才能去做官，否则是可耻的。子张问孔子求官职得俸禄的办法，孔子答复得居然这般理想化："言寡尤（说话错误少），行寡悔（做事懊悔少），禄在其中矣。"（《论语·为政》）道德至上是孔子的一向坚持。

他说颜回死后弟子中无人称得上好学的，而颜回之好学的主要表现就是"不迁怒，不贰过"而已。

这种"向内转"的思想态度，给了孔子及后来的儒者不可言喻的精神慰藉。看看《宋元学案》《明儒学案》《汉学师承记》等著作，就会感觉到中国的国学师傅们的"拾垃圾"精神是多么可歌可泣了。中国的大文化传统正是靠着这种精神不灭不绝地传承下来的，这也是孔子作为道统祖师的无量功德。

卑以自牧

傻乎乎地自我感觉良好可不是孔子的作风，更不符合他教书育人的原则。乐道之"受用"状是贴近了天道之后的感觉，而起步必是敬畏，过程必是卑以自牧。章太炎说，老子胆小，这个特点构成了老子学说的特点。我们也不妨说，孔子知敬畏，这也构成了孔学的特点。

孔子有一条划分君子和小人的界限：君子畏天命，"小人不知天命而不畏也"（《论语·季氏》）。人不知畏惧，有什么事情不能干呢？"君子居易以俟命，小人行险以徼幸。"（《中庸》）

卑以自牧起源于敬畏天命，若起源于畏惧权势和患得患失，便成了一种卑劣心态。前者是真儒，后者是乡愿。而讲究温、良、恭、俭、让等则是畏惧走入不仁一路。明乎此，我们即可以理解孔子之所以要三唱九叹"克己""修己""自省""自讼"了。

孔子说"我欲仁，斯仁至矣"，这是强调主体的道德责任，不是说仁没有客观标准。当孔子以仁释礼时，礼也就成了仁的外在规定。读者读《论语》会觉得满眼都是"A 而 B"句式：

君子周而不比，小人比而不周。

——《论语·为政》

恭而无礼则劳，慎而无礼则葸，勇而无礼则乱，直而无礼则绞。

——《论语·泰伯》

君子和而不同，小人同而不和。

——《论语·子路》

君子惠而不费，劳而不怨，欲而不贪，泰而不骄，威而不猛。

——《论语·尧曰》

在这种微妙的差别中，显示着君子貌每同人而心常异俗的界限。在是非同门的人生世相中，真是"有伊尹之志则可，无伊尹之志则篡也"（《孟子》）——全看内在的差别了。礼的意义就在于建立这种差别、界限。循礼是归仁之路："一日克己复礼，天下归仁焉。为仁由己，而由人乎哉？"（《论语·颜渊》）"为仁由己"是孔学的一个基石性命题。孔子讲敬畏天命，不用后世俗儒之"放债法"——你敬天便能获得好处，不敬便要遭殃。孔子只讲：

不知命，无以为君子也；不知礼，无以立也；不知言，无以知人也。

——《论语·尧曰》

世界是大家的，不知命，便不会守持合理的界限，便会流入"狂而不直，侗而不愿，悾悾而不信"（《论语·泰伯》）的奸诈虚妄的行列。愤其私智，说过头话，做过头事，都是远仁害礼、不畏天命的表现。孔子不讲上天降灾之类的恐吓话，但他说，破坏了合理的界限会引发混乱。所以，就连国君也需卑以自牧，不能为所欲为。因为任何情况都包含一种双边互动的关系，维持其和谐，要求一个"恰好"。

季康子问："使民敬、忠以劝，如之何？"子曰："临之以庄，则敬；孝慈，则忠；举善而教不能，则劝。"

——《论语·为政》

孔子的礼论不是片面的道德要求，而是双向的规范，尤其强调内在情感与外在形式之真实的合和，在表示尊敬的礼仪中若无真情实感则非诌即欺。对那种内心不虔诚的毛病，孔子也没办法；对盲乱地践踏礼法的国度，孔子也毫无办法；只有自己越发小心谨慎而已。如果可以选择，则"危邦不入"；如果既已入之，则"逊言危行"，与"邦有道，危言危行"变了一个字——变"危言"为"逊言"，由发高正之论变成谦逊慎言，行为当然更要严正一些，不能被人家挑出毛病。孔子的仁学思想既强调爱人，也强调"爱身"。明哲保身只要不悖道违仁就无可指责。孔子反对暴虎冯河，他主张"虑而后动"。

无论是谁要想保存合理的界限，都必须恪守恕道。"爱之欲其生，恶之欲其死。"这种极端化的风格对自己也是毫无好处的(《论语·颜渊》)。若是"己欲立而立人，己欲达而达人"(《论语·雍也》)，人们便进入了博爱文明的境界。如果每个人都能做到"己所不欲，勿施于人"(《论语·颜渊》)，人与人之间便有了公正合理的交往尺度。可惜这往往只是弱者才想起来的格言。

作为一个思想家，孔子也只能"诱"人来相信他的学说。所谓的"天将以夫子为木铎"，也就是说上天派夫子来做化诱的工作而已。对于像颜回这样有善根的人，孔子的化诱极见功效。颜回曾感叹："夫子循循然善诱人，博我以文，约我以礼，欲罢不能。"(《论语·子罕》)这几句话揭示了孔子礼教的特征。诱人就是教，被诱则受了教育。博学于文是"自牧"的重要节目，孔子办学实行的是终身教育，他本人更是学到老的榜样。约之以礼，则是"卑化训练"了，"夫礼者，自卑而尊人"(《礼记·曲礼》)。慎言慎行，如履如临，的确是儒门家风。但孔子的本意不是要驯化人，他只是要求人要永远自觉地改造自己。明儒有言：论工夫，圣人亦无有歇手时。

没有卑以自牧的情怀，就没有了"敏而好学，不耻下问"的求知热情，也难有"不迁怒，不贰过"之向善的动力了，谁还讲究知进自止、行动中节？那样，讲究人能知天尽性的孔学就要变成沾沾自喜的小人哲学了。

张岱在《四书遇》中也许说得太简单了："千古圣学，惟有小心而已。"不过，这却符合孔子反复申言的"先难后获"的"自牧"原理。

中庸至境，高处不胜寒

中庸是天下之至道。孔子主张以礼治国，就是把执政与德置两端而用其"中"，在用礼去规范人们的时候，也强调"和为贵"，以期合乎天下之至道。

中庸是天下之至德。克己（恕）尽己（忠）、内仁外礼、和而不流、中立而不倚、中正平和等，是个人伦理范围的中庸至德。直道治国保持社会公正、保持合理的均衡态势、坚持正义又能通权达变注意效果等，是政治伦理范围的中庸之道。

中庸还包括如何"致中和"的方法论。所谓的"从容中道"，像一条神秘的通道、一条玄妙的无影钢丝，要踏上它走过去需要一种微妙的艺术，必须不偏不倚。"过"，不行；"不及"，也不行。必须举手投足都是个"恰好"。

不管《中庸》（载于《礼记》）的作者是谁，它的确很巧妙地总结、表达了孔学的风格和特色。

其实，所谓的"中"，是在虚实、有无、进退、上下、过不及之间的一种不存之存、无用之用的状态，而立体应物，正要由此出发，所有的正心诚意的修养，只有踏上这条中道，才可以"致广大而尽精微"（《中庸》第二十七章）。而这条中道本身又不是僵死的"一"，可用动态平衡原理来做辅助性理解。《中庸》的原话是"至道不凝"，要求"随时而处中"，是运动的"中"，这要求"守中"，尤需"时中"。所谓的"致中和"就是如此这般的虚灵顺应、发而中节。

这绝对是一种高贵的、有效果的智慧，至少是一种聪明的"成己""成物"的人生态度（《中庸》第二十五章）。但《中庸》所展示的中庸之道的效果却有点儿"过"，太绚烂以致成了大同梦幻。作为个人道德，具有了中庸至德的君子（主要指国君），"动而世为天下道，行而世为天下法，言而世为天下则。远之则有望，近之则不厌"（《中庸》第二十九章）。用在治理国家上，则可以"君子不动而敬，不言而信。……不赏而民劝，不怒而民威于铁钺"（《中庸》第三十三章）。这差不多是乌托邦化的"造境"罢了。在我们难知其详的上古之"三代盛世"或许实行过，就现在已知的历史而言，它从未行得通过。《论语》中孔子说，中庸之至德，民鲜久矣。《中庸》第九章中孔子则宣布：

> 天下国家可均也，爵禄可辞也，白刃可蹈也，中庸不可能也。

这是极而言之了。其实这样说可能更通畅一些，就像国家难均一样，中庸也是难行的。因为人性及由人性碰撞、延伸、组合而成的制度，是反平衡态的中庸的。《中庸》里的孔子说自己"择乎中庸而不能期月守也"(第七章),说"(颜)回之为人也,择乎中庸,得一善,则拳拳服膺而弗失之矣"(第八章)。

> 子曰:"道之不行也,我知之矣:知(智)者过之,愚
> 者不及也。道之不明也,我知之矣:贤者过之,不肖者不
> 及也。"

——《中庸》第四章

道不明则难行,道不行更难明。有个学生问朱熹:绝私去欲充大公于心就可以"中"了吧,积累学问就可以格物致知了吧?食人间烟火的人大概也只能这样着手去修炼,可是朱子却说他开口便错,全错了(《朱子语类》卷六十三)。张岱说得好:"'中庸不可能',言难为力,非言绝德也。只是稍增一分便太过,稍减一分便不及,难得恰好。"(张岱《四书遇》)

大概也正因此而值得人们终身揣摩、穷研细究,永远到达不了就永远在路上走。"其味无穷,皆实学也。善读者玩索而有得焉,则终身用之,有不能尽者矣。"(《中庸章句》)

小人无忌惮

中庸之道就是求正履直之道。求正，是孔子的"把柄"。中庸是一种水平，哲学状态的中庸相当于真理渺乎难见，经验状态的中庸则因人而异，成了孔学受误解的主要原因。

也的确存在着大量貌似中庸而其实正反中庸的丑陋现象。尤其是那些如过江之鲫的奸儒巧宦，他们圆滑诡诈，表里不一，装老实，不问是非，只讲利害，两面光滑，竟把中庸之道弄成了"变色龙之谷"。而《中庸》里所讲的人生态度却是"国无道，至死不变"，"素其位而行"，"君子依乎中庸，遁世不见知而不悔"。如周公亲征管、蔡，在真儒看来，这是行正道，是真中庸。而玩中庸艺术的人则会相反，假手别人除去管、蔡，还作伤心状。应该承认世俗语义系统中的中庸大凡是这个味道的，即鲁迅所着力揭发的"两面光滑的中庸艺术"。

这种中庸艺术是"圣人"一开始就严加分辨的"小人之中庸"：

仲尼曰:"君子中庸,小人反中庸。君子之中庸也,
君子而时中;小人之中庸也,小人而无忌惮也。"

朱注说:"王肃本作'小人之反中庸也',程子亦以为然。"其实一样,小人之中庸就是反中庸。真正的区别在有无忌惮,知不知戒惧。讲道德不讲敬畏的确会变成艺术谈的。《中庸》第一章破题即讲"慎独":

道也者,不可须臾离也,可离非道也。是故君子戒慎乎其所不睹,恐惧乎其所不闻(朱注:君子之心常存敬畏,虽不见闻,亦不敢忽,所以存天理之本然,而不使离于须臾之顷也)。莫见乎隐,莫显乎微,故君子慎其独也。

艾千子说:"'慎独'是'戒惧'后再加提醒。譬如防盗,'戒惧'是平时保甲法,'慎独'是关津紧要处搜盘法。"(张岱《四书遇》)戒惧是静中主敬,使私欲无由起;慎独是"方动研几",使私欲无法滋生。小人不知戒惧,正以无忌惮为"时中"——与时变化、占尽便宜、立于不败之地。

比较复杂的是在"通变"这个领域最难界定中庸。如孔子说:"言必信,行必果,硁硁然小人哉!"(《论语·子路》)孟子还接着发挥:"言不必信,行不必果,惟义所在。"(《孟子·离娄下》)这种"圣人之时中"与小人之无忌惮有本质区别。

"时中"的本意是随时调节自己以中和符节，就是时时都在"中"的状态中，这当然须义精仁熟时才把握得住。孔子七十岁功夫大成了，才敢说"从心所欲，不逾矩"。也因为他此时已放弃了"行动人生"，步入"静观人生"一路，并已临近了生命的终点。他周游列国时他的弟子对他的许多言行在当时就有异议，后来人则发现了更多的自相矛盾，如王充在《问孔》一文所说的那样。

乡原与狂狷

　　小人无忌惮最有危害性的形式是乡原作风。子曰："乡原，德之贼也。"（《论语·阳货》）正像伪君子貌似君子一样，乡原貌似中庸，其实是披着中庸外衣败坏着道德（当然包含中庸至德）的小人。乡原是指没有是非原则的好好先生，基本上就是圆滑，并包含着可能的阴谋。

　　就像《论语》以知天命、知礼、知人结尾意味深长一样，《孟子》一书煞尾于痛斥乡原，让人觉得这与道统关系匪浅。孟子在阐释孔子的意思时加入了自己的切身感受，很精辟，有神韵。例如：

　　孔子说："从我家大门经过，却不进到我屋里来，不觉得不满意的，那只有好好先生（乡原）吧。好好先生，是贼害道德的人呢。"

　　问道："怎样的人就可以叫作好好先生呢？"

　　答道："好好先生批评狂放之人说：'为什么这样志气高大呢？实在是言语不能和行为相照应，行为也不能同言语相照应，就只说古人呀，古人呀。'又批评狷介之士说：'又为什么这样落落寡合呢？'又说：'生在这个世界上，为这个世界做事，只要过得去便行了。'八面玲珑、四方讨好的人就是好好先生。"

万章说："全乡的人都说他是老好人，他也到处表现出是一个老好人，孔子竟看他为贼害道德的人，为什么呢？"

答道："这种人，要指摘他，却又举不出什么大错误来；要责骂他，却也无可责骂的，他只是同流合污，为人好像忠诚老实，行为好像方正清洁，大家也都喜欢他，他自己也以为正确，但是与尧舜之道完全相背，所以说他是贼害道德的人。孔子说过，厌恶那种外貌相似而内容全非的东西：厌恶狗尾草，因为怕它把禾苗搞乱了；……厌恶好好先生，就因为怕他把道德搞乱了。君子使一切事物回到正道便行了。"（《孟子·尽心下》）

乡原是一乡人皆说好的人。但孔子认为这种情况只叫"闻"，"表面上似乎爱好仁德，实际行为却不如此，可是自己竟以仁人自居而不加疑惑。这种人，做官的时候一定会骗取名望，居家的时候也一定会骗取名望"（《论语·颜渊》）。乡原唯无是非，好行小慧，同而不和、比而不周，既且党，所以能取得"乡人皆好之"的好名声，其实是"巧言令色，鲜矣仁"一流的圆滑巧人，而且自以为得计、沾沾自喜，不但做谨厚科，尤做智叟状。其实质只是"阉然媚于世也者"——曲意逢迎，谄媚世人，俗气入骨，媚态可掬，却反过来教训狂狷之士冒傻气。

若以为乡原是游戏人生的玩世派，那又抬举他们了。他们是活得相当仔细、患得患失的实惠派。正因为患得患失，他们才阉然媚世，只问利害，不问是非，正如孔子所说："苟患失之，无所不至矣。"被李贽讥为号称名臣实为名妓的五朝元老冯道当是乡原的典范。

乡原的反义词当然是狂狷。

狂狷不像乡原那样貌似中庸,甚至表面上看是反中庸的。但孔子心如明镜,他毫不犹豫地选择狂狷而排斥乡原:

> 不得中行而与之,必也狂狷乎!狂者进取,狷者有
> 所不为也。
>
> ——《论语·子路》

张岱《四书遇》中引祝石林几句话可算说透了这组似是而非、似非而是的"人物关系":

> 狂者得圣人之神,狷者得圣人之骨,乡原行圣人之
> 皮。众人以皮相,故原之;圣人以神相,故贼之。

朱熹在《孟子集注·尽心下》中这样解释:"狂,有志者也;狷,有守者也。有志者能进于道,有守者不失其身。"最简单而现成的联想便是:狂是"兼济天下"一路,狷是"独善其身"一路。

因为"中庸必不可能",所以就"必也狂狷乎"了。貌似中庸的乡原,不但败坏了道德,也败坏了中庸的名声,许多有卓识的大师也把中庸当乡原,如章太炎说孔子是"国原",认为儒家"宗旨多在可否之间,识议止于函胡之地"。因为"孔子之教,惟在趋时,其

行、义从时而变"，从而形成了很坏的讲"权变"的传统(《论诸子学》)。章氏这样说显然忽视了孔子肯定狂狷的一面。章氏在《箴新党论》一文中说："中国之士民，流转之性为多，而执着之性恒少。"而无道德是很难革命的。这倒与讲"汤武革命"的儒之"狂"派(如孟子)说到一块去了。

儒家八派

孔子死前其弟子已有开门授徒者，如澹台灭明（字子羽），"南游至江，从弟子三百人，设取予去就，名施乎诸侯。孔子闻之，曰：'吾以言取人，失之宰予；以貌取人，失之子羽。'"因为子羽状貌甚恶，"孔子以为材薄"，后来此人修行甚为有方（《史记·仲尼弟子列传》），竟成了一方领袖。

孔子死后，据《韩非子·显学》记载，"儒分为八"，"有子张之儒，有子思之儒，有颜氏之儒，有孟氏之儒，有漆雕氏之儒，有仲良氏之儒，有孙氏之儒，有乐正氏之儒。"

他的话不可尽信。如荀子在《荀子·非十二子》中所批评的子游、所表彰的子弓，韩非均未提及。这至少证明，韩非子所列举的情况是比较偏后的了。还有大名鼎鼎的子夏，曾当了魏文侯的老师，教出了"田子方、段干木、吴起、禽滑厘之属"（《史记·儒林列传》）。荀子曾骂子夏氏之贱儒"正其衣冠，齐其颜色，嘿然而终日不言"。在《论语·子张》中子游曾批评："子夏之门人小子。"他们只注重礼仪末节，不知学道的根本。凡此种种都表明子夏早已自成一派。也有人说韩非子未列他，是把他当成法家，视为自己的宗师了。这也说明了另外的问题，即孔子死后"儒分为八"，还不包括变成法家或别的什么家的。比如活得无限风光的子贡，就大有纵横家的派头：

> 孔子卒，原宪（字子思）遂亡在草泽中。子贡相卫，而结驷连骑，排藜藿入穷阎，过谢原宪。宪摄敝衣冠见子贡。子贡耻之，曰："夫子岂病乎？"原宪曰："吾闻之，无财者谓之贫，学道而不能行者谓之病。若宪，贫也，非病也。"子贡惭，不怿而去，终身耻其言之过也。
>
> ——《史记·仲尼弟子列传》

子思分明是在讥讽子贡"学道而不能行"。子思还奉行着老师的训诫："邦有道，谷（出仕领薪水）；邦无道，谷，耻也。"他宁愿成为平民也不仕无道。

韩非所说的"子思之儒"，不是原宪而是孔伋。王蘧常先生在《诸子学派要诠》对孔伋的情况注释甚详："子思，孔子之孙（《礼记·檀弓》释文），伯鱼之子（《吕氏春秋·审应览》注），名伋（《孟子》《礼记·檀弓上》），子思字也（《史记·孔子世家》）。貌须须眉（《孔丛子·居卫》），为鲁缪公师（《汉书·艺文志》班固自注）。"晁公武《郡斋读书志》说孟子受业于子思本人，《史记》说"受业于子思之门人"的"人"字是衍文。不管怎么说，子思之儒与孟氏之儒是一路，而且"思孟学派"成了儒门的显宗。仲良氏、乐正氏不知当时"显"到什么程度，居然未留下直接的蛛丝马迹。颜氏生前已有门人，但他早死，有遁世倾向，未必有著书立说的兴趣，没有典籍的学派不会传之久远，及身而绝也理固宜然罢。

《论语·子张》中的子张（颛孙师）是个"问干禄""问士何如斯谓之达"的人，偏重于"兼济"一路，主张"尊贤而容众"。孔子说他"过"，而子夏"不及"（《礼记·仲尼燕居》）。看来子张属于"狂者志于道"的那种狂派，就大路子而言，孟子不乏其风。漆雕氏则有狷者之圭角，"不色挠（色不屈于人），不目逃（目不避其敌），行曲则违于臧获，行直则怒于诸侯，世主以为廉而礼之"（《韩非子·显学》）。这也能与孟子说到一块去，至少孟子会引他为同道。

唯有"孙氏之儒"别是一路。孙即孙卿，孙卿即荀卿也，古音孙、荀音近而致混。从重视礼法这种思想倾向看，他当与子夏一脉，但他只尊敬仲尼、子弓（《荀子·非十二子》）。《汉书·儒林传》说这个子弓是孔子的三传弟子：孔子传《易》于商子木，子木传鲁桥庇子庸，子庸传江东馯臂子弓。应劭说子弓是子夏的门人。郭沫若说这个子弓提出了阴阳对应，与他同时的子思提出了五行相生，这两种学说后来被邹衍合并、发展，变成了阴阳家（《郭沫若全集》历史编第二卷）。拐这么个大弯是为了点明：若这个传承脉络属实，它不仅可以帮助我们了解荀子集大成的若干成因，还可以借以明了汉代的董仲舒也是从这条线起步的。

荀氏之儒与孟氏之儒是秦统一之前的显学。前者以礼法为统，重"向外转"、重手段、重过程；后者以仁义为归，重"向内转"、重目的、重境界。但二人毕竟同宗，只不过是同门异户而已。

孟子仁政无敌论

孔子死后的百年无义之战，使孟子痛心疾首地意识到仁学若不变成仁政、不转换输入国家决策中，便永远只是玄想性的道德原则：

> 尧、舜之道，不以仁政，不能平治天下。……徒善不足以为政，徒法不能以自行。……既竭心思焉，继之以不忍人之政，而仁覆天下矣。
>
> ——《孟子·离娄上》

孟子谋划把仁学政治化的要点是给执政者灌输仁心、不忍人之心，从而推行不忍人之政。他看透了极权体制的特点：君主决定一切。所以，他相信"君仁，莫不仁；君义，莫不义；君正，莫不正。一正君而国定矣。"他认为只要说服君主，便可以纲举目张了：

> 人皆有不忍人之心。先王有不忍人之心，斯有不忍人之政矣。以不忍人之心，行不忍人之政，治天下可运之

掌上。

——《孟子·公孙丑上》

这也就是叶适、陈亮等宋代事功派所嘲笑的、终未看到的"反手之治"。不过，不能以成败论是非，而且孟子虽有赤子之心，但他说服那些"寡人"时，并不是一派天真的，他有时像个老练的精神病治疗专家，针对"寡人"的心理随波生浪逼出口供，并将计就计使之就范。如齐宣王说，寡人有疾，好货好色，是不适合实行仁政的。孟子并不迂腐地劝他别去好货好色，而是说，正对了，公刘、古公亶父这些伟人也都是好货好色的，但只要与百姓一同好货好色，让他们富起来，并做到"内无怨女，外无旷夫"，这不就是仁政王道吗(《孟子·梁惠王下》)？

他有时像个恐怖的预言家，用"自作孽，不可活"的后果恐吓那些虚弱的军政寡头们：

三代之得天下也以仁，其失天下也以不仁。国之所以废兴存亡者亦然。天子不仁，不保四海；诸侯不仁，不保社稷；卿大夫不仁，不保宗庙；士庶人不仁，不保四体。

——《孟子·离娄上》

这种反证法既依据着史实，又有着神秘的天意支撑其间。比如"顺天者存，逆天者亡""得道多助，失道寡助"等，这也是孟子的"上堂诗"。

孟子虽然从理论上标举人人皆可成尧舜，但他心里知道那些"寡人"为了"成功"可以不顾一切，所以他始终用一种"助你成功"的调子来布道："仁者无敌，王请勿疑！"（《孟子·梁惠王上》）对于国力强大的国家，他就讲，你如奉行"悦近来远"的"仁术"，以德服人、"不嗜杀人"，就可以统一天下（《孟子·梁惠王上》）。对于弱小的国家，他就大讲汤以七十里而王、周文王以百里而王，"以德行仁者王，王不待大"（行王道不一定非得国家强大。《孟子·公孙丑上》）。只要你行仁政，大国也畏惧你。对于夹在大国中间，面临被侵略危险的小国，他就讲只要你行仁政，邻国的百姓便会视你的国家为故乡、为父母之邦，你若反击，诛其暴君，抚吊百姓，他们还会反过来"箪食壶浆以迎王师"，并会怨恨你来得太晚了。他的学生说现在天下凶凶，您总讲仁政王道太不现实了。他极有信心地说，越是动乱，人民越盼望仁政，这正是"事半功倍"的好时机："反手"而治，一统天下。总而言之，"行仁政而王，莫之能御也（谁也阻挡不了）"（《孟子·公孙丑上》）。

　　在讲究"耕战"、琢磨如何"打天下"的兵法家眼里，孟子这些高论只是在唱抒情歌曲，几近痴人说梦。也算学过儒的商鞅说得温和且也深入：

　　　　仁者能仁于人，而不能使人仁；义者能爱于人，而不能使人爱。是以知仁义之不足以治天下也。圣人有必信之性，又有使天下不得不信之法。

　　　　　　　　　　　　　　　　　——《商君书·画策》

商鞅说得不能算错，他尚法的本意也包含上约君、下爱民两层意思（《商君书·更法》）。但是就像仁者不能使人仁爱一样，他也未能使人信而守法，一点儿也改变不了人治那种无规则运作的状况。因为在没有分权和制衡的地方就没有法律，当然也更没有仁政了。

不过，孟子说仁者无敌，不是要给敌人念《论语》，更不是说仁者刀枪不入，而只是一种"算总账"的说法。在这一点上，与其说孟子是知其一不知其二的理想主义，不如说孟子是深刻的现实主义。他多次用人生风格做比喻：一个暴虐不仁的人终会因多行不义而"不保四体"。同理，暴力统治只能横行一时而终会覆灭，殷鉴不远。当然，这一点不是孟子的独家发明，《尚书》《左传》《管子》等早期典籍亦屡屡言及。不过，孟子说得最响亮，也最执着，还真让若干"寡人"不好意思了。

倡王道、主仁政

孟子是个接受着国君馈赠却为民请命的士人。

他的仁政无敌论的基础就是民心向背，他为民请命的主题就是实行王道、仁政。民本思想古已有之，孟子的贡献在于"极而言之"，其激烈、彻底的程度难乎为继。尤其是"诛一独夫论""民贵君轻论"，让坐稳了主子地位的独裁者面赤心悸。

孟子还有个全民公决论。他跟齐宣王说，无论是任免大臣还是杀人，都要坚持这样一个程序：左右皆曰可或不可，不能算数；诸大夫皆曰可或不可，也还不够；必须国人皆曰可或不可，你分析一下再做决定。国人皆曰可杀，这是"国人杀之也"。这其实也是一种仁术，是充分尊重民意的方法，他说"如此，然后可以为民父母"（《孟子·梁惠王下》）。

齐国的军队打败了燕国的军队，齐宣王跟孟子说干脆吞并燕国算了。孟子却说，你必须尊重燕国人民的选择，"取之而燕民悦，则取之"，否则勿取。齐国占领燕国两年后，其他国家谋划攻齐救燕，齐宣王问孟子该怎么办。孟子说他占了人家的地盘而不行仁政，等于发动天下之兵来打自己，领土扩大了但并不是真强大了，快送回燕国老老小小的俘虏，停止搬运燕国的宝器，再和燕国人士协商，择立一位燕王，然后撤军，这样还来得及止住各国的兴兵计划（《孟子·梁惠王下》）。但是齐宣王没听，次年燕国人和诸侯联军并力攻齐，齐国大败。齐宣王说："吾甚惭于孟子。"（《孟子·公孙丑下》）这件事表明孟子以民为重的思想是不限于他所居住的"本国"的，是指向"各国"人民的。

孟子有时将民与天下并提：

> 乐民之乐者，民亦乐其乐；忧民之忧者，民亦忧其忧。乐以天下，忧以天下，然而不王者，未之有也。
>
> ——《孟子·梁惠王下》

与民同忧乐便是与天下同忧乐了，拥有了民便拥有了天下。孟子一贯坚持天下乃天下人之天下的立场，所以常常毫不犹豫地将民意推崇到天意的高度。他居然要求国君分配土地给农民（"八家皆私百亩"），让农民在干完公田的活儿后去种好私田（《孟子·滕文公上》）；并减轻税负，"耕者，助而不税，则天下之农皆悦，而愿耕于其野矣"（《孟子·公孙丑上》）。虽然不敢说这相当于要求"耕者有其田"，但的确是在为民吁请生存权："明君制民之产，必使仰足以事父母，俯足以畜妻子，乐岁终身饱，凶年免于死亡。"（《孟子·梁惠王上》）至于"五亩之宅，树之以桑"，"百亩之田，勿夺其时"，就可以使"黎民不饥不寒"，这样的话《孟子》中重复了好几遍。他的确是个"穷年忧黎元"的赤诚的思想家。

他要求国君"正经界、行井田",这潜含着平均地权的思想,他也想以此抵制日益严重的兼并土地的趋势。商鞅"利出一孔"的耕战主义与孟子的方略截然相反:让人民去参加战争才能获得耕地。商鞅这个竞争机制却行得通,孟子那个平均主义反而行不通。现成的解释当然有历史与伦理二律背反等说法,但在当时直接的原因是孟子在与虎谋皮,他的富民主张与君主的强国梦合不了拍。孟子除了从国君那里给农民要土地外,还劝君主降低税收,使用周代的什一税法及"助"(农业政策的专名)民农耕的政策,这都是与君主们的根本利益相左的。孟子虽然没有"由社会来决定国家"这样的现代法理概念,但他的民本论的确表达着这样的意思。

这个为民请命的热心人,因说过"劳心者治人"、君子治野人而在最近几十年里有点儿声名狼藉,这其实是个不大不小的误会。孟子并非主张阶级压迫有理,他是在提倡"专家治国论"。具体背景:一是反驳许行派士与民同、不能不劳而获的观点,他提出劳心、劳力分工不同;二是针对权力被国君及左右近臣所垄断的现实,孟子提出让"无恒产而有恒心"的劳心的士来治国、治野人,因为他们能尚志尊道,体现公道、正义,而且是"幼而学、壮而行"的专门人才。孟子的"民"有时是连劳心的士也包括在内的。《孟子》一书中没有一句那种让民只能无条件地屈从君主统治的"混账话",他不但为民请命,也为士人要求以师友的身份与君王相处的权利。他提出的士而仕"所就三,所去三"(《孟子·告子下》)之三原则,成为养育士人、士大夫气节的思想资源。他的根本立场是站在士民这一边的。

评价孟子的宏论不能超越两个根本性的前提：一是天下是民众的家园还是一种帝王事业？若承认是前者则孟子的方案再"愚阔难行"也不能说不对。二是历史的目的究竟是什么？这自然一言难尽，但有一点是明确的，即用长时段的历史眼光看，功利主义法家们的征服政绩是纯粹的短期行为，而孟子这种超越功利的终极关怀的原则却是永放光芒的。这涉及由孟子标举、宋代理学家大讲的"王霸之争""义利之辨""天理人欲之分"等重大课题。

人性本善

任何制度的建立都有人性的依据，如果想建立一种制度、一种政治状态必须找出相应的人性依据。孟子倡王道、主仁政，一是以历史经验为训，二是以人性本善为据。梁启超说："孟子为大同之学者，则必言性善。"(《读孟子界说》，前面一句是："荀子为小康之学者，则必言性恶。")

在孟子之前及同时，关于人性的说法，大致上有：

1. 孔子的"性相近，习相远"说；

2. 道家的性自然说（当包括杨朱的"贵己""为我"）；

3. 法家的性好利说；

4. 墨子的性"自利""自爱"说；

5. 告子的"性无善无不善"说；

6. 荀子的性恶说。

遗憾的是这些都是经验性的证明法：描述、观察、举例，于是互相之间除了倾向不同、情绪上有些差异，究其实质"将毋同"而已。因为别看批驳起来水火不容，其实在同一条河里，诸家之间存在着渗透、相叠、相混的地方。比如孟荀一主性善、一主性恶，针锋相对，但二人都说过人性是可以善可以恶的，这就几乎等于"性相近，习相远"了。墨子的性"自利""自爱"与法家的性好利判断相近，只是墨子因此而主张兼爱、与人方便就是与自己方便，法家则来个你死我活而已。告子的"性无善无不善"就是一种自然主义派头，与道家态度相近，他说仁内义外也与孟子重叠了一半，孟子跟他辩的是仁义皆内而已（《孟子·告子上》）。而且，孟子明确承认"可以为善矣，乃所谓善也"，这又与告子之善恶后起论一致了。而善恶后起这种说法几乎是"公用走廊"，各派都走而过之。

孟子的"四端说"曾被指责为先验论，其实恰好相反，它的不足正在于先验的不够，还是举一个典型事例，再做无类演绎。从"人皆有不忍人之心"这个大前提出发，选取或设置一个典型情境"乍见孺子将入于井"，谁都会有"怵惕恻隐之心"，既不为名也不为利。然后，就由此推断：

> 无恻隐之心，非人也；无羞恶之心，非人也；无辞让之心，非人也；无是非之心，非人也。恻隐之心，仁之端也；羞恶之心，义之端也；辞让之心，礼之端也；是非之心，智之端也。人之有是四端也，犹其有四体也。
>
> ——《孟子·公孙丑上》

无恻隐、羞恶之心便不是人，这是一种道义性的反证法。道德论中的思辨逻辑大凡如此。这涉及一个逻辑下面的文化根据问题，这个根据事实上又成了道德本身。至于道德似乎是不能问根据的，据牟宗三先生讲，你要问根据，你就不是人。不过，这种因情言性之经验论层次上的证明无法做穷尽性论证。明人张岱就曾反问："乍见美色而心荡，乍见金银而心动，都是自发而非矫强，也是真性么？"（《四书遇》）这种方法论上的局限也必然造成理论上的不彻底，直到康有为还说过"不忍人之心，仁也，电也，以太也"。

孟子本人当然是既理直气壮又能自圆其说的："仁义礼智，非由外铄我也，我固有之也，弗思耳矣。"至于那些干坏事的人，不能归罪于他的资质（"若夫为不善，非才之罪也。"《孟子·告子上》）。而且尽管"四端"人人有，但有"失其本心"的时候，有"放其心而不知求"的人。全部问题的关键就是孔子那句话：为仁由己。为不仁的责任也在于你自身！这样便坚持住了本质先于存在的立场，便筑起了礼义的长堤。任何强调客观原因而放弃以仁为己任的行为都是无耻之耻，都是自贼自弃的败类。

在善恶自为这一点上"圣人与我同类"。舜，人也，我亦人也，有为者亦若是，所以"人皆可以为尧舜"（《孟子·告子下》）。它是要求每个人都担当起为仁为善的责任。最严峻的考验就是"生，亦我所欲也，义，亦我所欲也；二者不可得兼"之时，怎么办？是苟且偷生呢，还是舍生取义呢？这样的心灵问题是科学也无法解决的玄学问题。孟子的方法论虽然是经验的，但其人性论并不庸俗，因为其中的关键是个价值取向问题。孟子是浪漫主义者，他的"舍生而取义"（《孟子·告子上》）的信念是高贵的强力意志论。

一个人、一种制度都当以仁义为归，孟子这种目的论思路，将伦理本质主义推到了极致，也因此而在宋明两代影响甚巨。"何必曰利"（《孟子·告子下》）绝对是名来利往世界中的一个反向的口号，这种理想主义的号召注定是不可能实行的，也注定是不可能灭绝的，因为人毕竟是有灵魂的。

国君不肯让利于民，则仁政是一句空话，如果君臣、父子、兄弟、人与人之间不肯去利怀义以相处，则礼义不成摆设即为伪善。但孟子并不泄气，"仁之胜不仁也，犹水胜火。今之为仁者，犹以一杯水救一车薪之火也"（《孟子·告子上》），不能因此就说水不能胜火，而是应该反而让水多起来。他热心"反手而治"，强调"反身而诚"，就是想从政治与人性这两个方面把丢失的善根找回来。

王道一统天下

如果《战国策》中的故事有一半是真的，哪怕有余英时所说的"通性上的真实"，便可理解孟子"如欲平治天下，当今之世，舍我其谁"的气概，不只是"浩然正气"，还是有现实基础的，只是"天未欲平治天下"罢了(《孟子·公孙丑下》)。

从未能实现政治理想这一点说，孟子是失败了；若就一生际遇而言，孟子是潇洒而富足、扬眉吐气的。他那自由奔放的程度古往今来罕有其匹。这是一个一辈子不想称臣也很少称过臣的人。

齐威王派人来告诉孟子："我本应该去看你，但是伤风了，怕风吹。如果你肯来朝，不晓得能让我见你吗？"这足够客气礼貌的了，可是孟子回答道："不幸得很，我也有病，不能到朝廷里去。"可是第二天，孟子却去别人家吊丧。齐威王派人及医生来看望孟子，孟子还躲了起来。最后齐威王送他"兼金一百"，他还辞而不受。这老先生的脾气也真够大的(《孟子·公孙丑下》)。

邹穆公跟孟子说："邹国与鲁国发生了冲突，我的官吏牺牲了三十三个，老百姓却没有一个为他们的死而难过的。杀了他们吧，杀不了那么多；不杀吧，他们眼看着长官被杀而不去救护，实在可恨。您说怎么办才好呢？"孟子说得坦率而正义："灾荒年百姓弃尸荒野、四处逃荒，您的粮仓堆满粮食，库房中满是财宝，您的官吏不跟您报告，也不管，这是'上慢而残下也'。所以，官吏之死等于给百姓报了仇。不能怪百姓，只怪您没实行仁政。"（《孟子·梁惠王下》）这样面斥君非，在孟子是家常便饭，不需要特别的勇气或心理准备。

孟子自言，同诸侯进言，就得轻视他（"说大人，则藐之"），不要把他高高在上的地位放在眼里。他不过就是有高高的房屋和美味的佳肴而已。他那一套咱不肯干，咱干的都合古礼，怕他干什么（《孟子·尽心下》）？他还曾借用曾子的话来宣布这一信念："彼以其富，我以吾仁；彼以其爵，我以吾义。吾何慊乎哉？"（《孟子·公孙丑下》）

正因为孟子心存道义，不为干禄，所以他具有一副正义在胸的气概，以人间正道的布道者姿态出现在那些仅有世俗权力的人面前。他坚信就是仅就世俗效果而言，道也大于权，也支配着权："身不行道，不行于妻子；使人不以道，不能行于妻子。"（《孟子·尽心下》）如果你不合于道的话，连老婆、孩子都使唤不动，更别说别人了。孟子自选的角色是做教王正道的老师、朋友，他最鄙夷张仪辈以"妾妇之道"事君，斥之为无耻之尤。他跟那些国君们讲，你若以师待贤士可以"王"天下，若以友待贤士可以"霸"天下。

即使是君臣关系，也有个相互对待的问题：

君之视臣如手足，则臣视君如腹心；君之视臣如
犬马，则臣视君如国人；君之视臣如土芥，则臣视君如
寇仇。

——《孟子·离娄下》

而且，"无罪而杀士，则大夫可以去；无罪而戮民，则士可以
徙"(《孟子·离娄下》)。孟子不自知，他要求这种抗议性的对待
关系，是以诸侯割据且都在招贤纳士为背景的，若真出现了一统天
下，便没有自由了。也许孟子所希望的王道一统天下与秦始皇用霸
道一统天下后的局面不一样。这个"也许"是绝无可能的。

孔子多讲义、行，孟子大讲出、处。出处之际，是对士子德行
道义的真检验。孟子除了为民请命和行仁政讲得多，就该属这个话
题讲得多了。最有纲领性也最著名的是：

居天下之广居（仁），立天下之正位（礼），行天下之
大道（义）；得志，与民由之；不得志，独行其道。富贵不
能淫，贫贱不能移，威武不能屈，此之谓大丈夫。

——《孟子·滕文公下》

孟子是个说到做到的真正的大丈夫。齐宣王要在国都给孟子
一幢房子，用万钟之粟来养活他的门徒，为的是让本国的官吏和人
民有个文化领袖以向他学习。但孟子拒绝了，因为齐宣王并没有真
正实行孟子所要主张的"道"(《孟子·公孙丑下》)。

孟子常说："君子之为道也，其志亦将以求食与？"（《孟子·滕文公下》）"天下有道，以道殉身（道因君子得志而得到施行）；天下无道，以身殉道（为道而死）。未闻以道殉乎人（迁就王侯）者也。"（《孟子·尽心上》）

这位老先生真是个不肯拿原则做交易的志士！公孙丑问他，假若让他做齐国的卿相，他动心吗？他说自己从四十岁后就不再动心了（《孟子·公孙丑上》）。他要的是"天爵"（仁义忠信），不要"人爵"（公卿大夫）。他愤怒地指出："今之人修其天爵，以要人爵；既得人爵，而弃其天爵，则惑之甚者也，终亦必亡而已矣。"（《孟子·告子上》）可惜，这种人却既不灭亡也不碰壁，他们活得轻松快乐。把"天爵"当敲门砖，得手后即弃之如敝屣，有了这种本事还不能在任何情况下都如鱼得水？他们当然要反过来讥讽孟子这种价值论的立场为"迂阔"了。

浩然正气传道统

在非孔、非孟的议论中，孔子易被指为乡原，孟子易被说成狂诞（如宋人郑厚）。在晚清乡原误国论声浪中，孟子强化良知良能的呼吁满足了"无道德不能革命"（章太炎语）的志士情绪，他们批礼教诋儒学，唯对孟子情有独钟。孟子之浩然正气、大丈夫、"天欲降大任于斯人"的气派及其发扬蹈厉的作风鼓舞过一代又一代的志士仁人。

"养气说"在孟子前后是股风气，如《庄子》《管子》中都有过论述。《荀子·修身》提出的治气养心术强调接受礼的规范："凡治气养心之术，莫径由礼，莫要得师，莫神一好。夫是之谓治气养心之术也。"孟子相信把人的良知良能不受遮蔽、不被扭曲地直接发用出来即是"全体大道"了。荀子及后世的道问学派曾因此指责孟子师心自用，尊孟的心学则发挥一套良知救世论、良知万能论。其实，孟子是将"知言"与"养气"并举的："我知言，我善养吾浩然之气。"朱熹在《四书集注·公孙丑上》中这样注解：

盖惟知言，则有以明夫道义，而于天下之事无所疑；

养气，则有以配夫道义，而于天下之事无所惧，此其所以
当大任而不动心也。

什么是浩然之气呢？孟子也承认难言，因为它是一种体验，一
种眼看不见、手摸不着但又绝对存在的东西：

> 难言也。其为气也，至大至刚，以直养而无害，则塞
> 于天地之间。其为气也，配义与道。无是，馁也。是集义
> 所生者，非义袭而取之也。行有不慊于心，则馁矣。
>
> ——《孟子·公孙丑上》

所谓的"浩然"是"无亏欠时"，所谓的"配义与道"就是要用
正义去养这股气，浩然之气是由不歇的正义积累而成的（集义所
生），一旦亏心，则馁矣。有了这股气就有了"虽千万人，吾往矣"
（同章）的气魄，就有了威武不屈的大丈夫气概。

这股气至大至刚，但养气的过程却要先"不动心"——"志一
则动气，气一则动志也"。志与气之间是个互动的循环过程：以气
养志，持志率气（"守约"）。也有人说"养气"的主题就是"持志"
（张岱《四书遇·养气章》）。这与宁静方致远是一个道理，"不动
心"正是使正气沛然不缺的前提。所谓的"不动心"就是蔑视任何
"得之不以其道"的东西。孟子认为那些知行歧出、言行不顾、"以
顺为正"、以穿窬行窃为得计的人，只不过是放失本心于物欲世界
的行尸走肉而已。

孟子将无道恣睢的人概括为两类：自暴与自弃。

> 自暴者，不可与有言也；自弃者，不可与有为也。言
> 非礼义，谓之自暴也；吾身不能居仁由义，谓之自弃也。
>
> ——《孟子·离娄上》

孟子以正道自居，既憎恶暴政和战争，也憎恶邪说横行。他认为邪说杀人不亚于暴政。有点儿奇怪的是，他对秦法家这个儒家的真正敌人的那些邪说不甚理会，却视杨朱为大敌，认为杨朱讲"拔一毛而利天下，不为也"是自弃于仁义，将导致"人将相食"的恶果，其理论实质是"率兽食人"（《孟子·滕文公》）。有趣的是在反对杨朱这一点上，韩非居然与孟子高度一致（《韩非子·显学》）。

孟子的气派比"极高明而道中庸"的圣人境界多出了偏胜之气，多出了阳刚雄健的风姿，他认为只有这样才能"正人心，息邪说，距诐行，放淫辞"（《孟子·滕文公下》），才能捍卫、传播尧舜、周公、孔子之道，《孟子》全书也以排列道统为尾声。在后儒眼中，孟子的巨大贡献也正在于传了道统。汉儒扬雄说，因有孟子，今之学者尚知尊孔氏，崇仁义，贵王道，贱霸道。唐人韩愈说孟氏之功不在禹下。宋理学家程子说孟子有功于圣门，仲尼只说一个志，孟子便说许多养气出来。只此二字，其功甚多。孟子得以配享孔庙，《孟子》得以刻石成经、列入科举教材，均是王安石之力。

荀子谈兵

战国时代的人遭逢了千年未有的变局，而且历史的节奏突然加快了，大有一天等于二十年之势。

当人问孔子军旅之事时，孔子答曰不知，然后辞行驾车远去。孟子也以不谈齐桓晋文之事为儒学的基本原则。荀子与孟子同是稷下先生，虽然只比孟子晚了几十年，却专门来谈兵了。《汉书·艺文志》既将《荀子》列入儒家类，又记入"兵权谋家"。按孟子"善战者服上刑"（《孟子·离娄上》）的说法，将《议兵》写得那么长且精深的荀子至少该流放了。

荀子绝不是故意离经叛道，他在讲出处大节时跟孟子一样毫不含糊，而且比孔孟用了更多的精力大讲君子之道。他是不得不回应时代的挑战——主要来自通过施行法家的主张强大起来的秦国。秦国那一套文吏专业化、政务规范化的措施，使其军、政效率远远高过山东六国。荀子曾亲自去秦国考察一番，很受震动。他知道如果再像孔孟那样只讲道学、不讲器学，就不足以应世了。儒学必须拿出合理的同时也是可行的政治、文化方略，否则就没有发言权，就等于自动退出历史舞台。所以，他在《非十二子》《解蔽》诸篇中，激烈地抨击了几类"贱儒"，他要走出儒学旧樊篱，以务实的态度、开放的胸怀来面对世界。

《荀子》现存三十二篇，其不仅是儒学的集大成，而且他之前诸派的思想，如兵、法、道甚至阴阳，荀子都有所取舍整合。荀子本人是个兼容有术的大师，《荀子》一书也提供了完备的治国之术，从行政、人事制度到伦理、教育等意识形态，无所不包。直到《吕氏春秋》出现，才有了与之等量齐观的"百科全书"。

荀子《议兵》的基本原则是用"义术"去驾驭"力术"，这不但是荀子言兵的特征，也是荀子言法、言术的特征。与纵横家、法家之"权谋势利、攻夺变诈"的兵学观念相反，荀子从"兵要在乎善附民"讲起，基本上与孟子的仁者无敌是一个调子，但他不像孟子那样天真地认为只要有德行即可以悦近来远、不战而胜了，他从政治体制的方面来谈军事问题。他说"将率，末事也"，国家之治乱状况才是根本问题，治乱决定强弱，能行礼治与否决定着治乱：

> 隆礼贵义者其国治，简礼贱义者其国乱。治者强，乱者弱，是强弱之本也。上足印则下可用也，上不（足）印则下不可用也。下可用则强，下不可用则弱，是强弱之常也。隆礼效功，上也；重禄贵节，次也；上功贱节，下也；是强弱之凡也。好士者强，不好士者弱；爱民者强，不爱民者弱；政令信者强，政令不信者弱；民齐者强，民不齐者弱；赏重者强，赏轻者弱；刑威者强，刑侮者弱；

械用兵革攻完便利者强，械用兵革窳楛不便利者弱；重用
兵者强，轻用兵者弱；权出一者强，权出二者弱，是强弱
之常也。

——《荀子·议兵》

这显然是个政治家、思想家在议兵，打仗就是体制的交锋、综
合国力的较量，荀子的见解是深邃周至的。荀子虽侧重讲大道理，
但并不是空头军事家，他对当时各国的兵制、军队特点的观察是透
彻的，绝非泛泛之论。他的治将主张"六术""五权""三至"都是
精义至理，不逊于孙武、吴起等专家，难怪后人认为他之兵学可以
名家。

有意思的是，荀子既要回答代表着儒学传统观念的陈嚣的疑
问："仁者爱人，义者循理，然则又何以兵为？"又要回答李斯之秦
国并不行仁义而兵强海内的质问。这个细节是那个大背景的一个
象征，荀子基本上是在这个夹缝中左右开弓，也因此而形成一个左
右逢源的体系。一个"礼"字具有以一统万的威力：

礼者，治辨之极也，强国之本也，威行之道也，功
名之总也。王公由之，所以得天下也；不由，所以陨社
稷也。

——《荀子·议兵》

坚甲利兵、高城深池、严令繁刑都是外在的，这些不足以成为

胜利的保障，他列举了许多具有上述优势却因不行礼治而最终败亡的实例。礼，在这里成了人间正道的别名。他认为礼是"兼人三术"之最上者——"以德兼人"。他说："以德兼人者王，以力兼人者弱，以富兼人者贫。"（《荀子·议兵》）

《荀子》三十二篇中，几乎每篇都要讲一番礼的重要性。如《强国》篇说："人之命在天，国之命在礼。"《王霸》篇说："国无礼则不正。"《王制》篇说："修礼者王。"修礼的军队就是王者之师，从事征伐之事也是在广行仁义，像汤、武一样，这不但是正义的，而且是不可战胜的。

他对秦国的范雎说，秦国已达到了"霸"的级别，但还不够高明，若重用儒来修礼义，便可由"霸"而晋升为"王"了。他说："粹而王，驳而霸，无一焉而亡。"（《荀子·强国》）这让人觉得"霸"与"王"只是程度上的差别，而且达不到"王"就该先"霸"起来，这与孟子的"行王道弱国也强，行霸道强国也弱"等观念有了实质性的不同。荀子在《富国》《强国》诸篇中明显地坚持两条腿走路，既修礼隆义，又要使政务正规高效，诸如一政令、定约法、审劳佚、修战备等，荀子都一笔一画地来论述，不再相信"五亩之宅，树之以桑"的田园神话了。当然，他坚定不移地强调王道比霸道高，王道是正道、是归宿，这个儒家的根本立场他没有变，他只是认为可以由霸而王，也就是说，他不再相信"穷过渡"了，他主张应该先让国家富强起来。晚清洋务运动中寻求富强的议论有与之相契合的地方。

援法入礼

孔子以仁释礼，孟子发展了孔子的仁学思想，荀子发展了孔子的礼治观念，这不用多说。荀子将礼推至"总方略、齐言行、壹统类"的极地，事实上便不得不援法入礼了。战国时代的国家单靠礼乐之礼、礼仪之礼是管理不了了，荀子敏锐地认识到这个问题，并顺势援法入礼，使礼治变成可操作、有效率的制度化管理，从而实现"以政裕民"的目标：

> 礼者，贵贱有等，长幼有差，贫富轻重皆有称者也。……德必称位，位必称禄，禄必称用。由士以上则必以礼乐节之，众庶百姓则必以法数制之。量地而立国，计利而畜民，度人力而授事，使民必胜事，事必出利，利足以生民，皆使衣食百用出入相掩，必时臧余，谓之称数。故自天子通于庶人，事无大小多少，由是推之。故曰："朝无幸位，民无幸生。"此之谓也。……夫是之谓以政裕民。
>
> ——《荀子·富国》

很明显，荀子引入了法家位能相称、论功行赏的竞争机制，将社会等级与能力、功效直接配套相连，从而使国君与庶民都动起来，使国家有章法地运转起来，既提高效率又不混乱。荀子认为礼起源于"分"，意义却恰恰在于"群"：

> 然则人之所以为人者，非特以二足而无毛也，以其有辨也。……夫禽兽有父子而无父子之亲，有牝牡而无男女之别，故人道莫不有辨。
>
> ——《荀子·非相》

> 故人生不能无群，群而无分则争，争则乱，乱则离，离则弱，弱则不能胜物。
>
> ——《荀子·王制》

礼的意义就在于通过"分"来更好地"群"。讲"天人相分"的荀子特别强调人类"群"的重要性，"群"若不强大则不能制物而用之，则会成为大自然面前的败兵，更遑论其他了。这也是荀子的礼论很重视效率问题的一个成因。

荀子想在体制建置方面使笼统的礼更多地变成实在的法、数，以保证"朝无幸位，民无幸生"，以促进政务走上高效能的轨道，但同时又必须是以礼统法，保持王道的大方向，用懂得礼法之总要的君子去领导那些只会照章办事的"官人百吏"。最理想的是：

> 上贤使之为三公，次贤使之为诸侯，下贤使之为士
> 大夫。
>
> ——《荀子·君道》

这太理想化了，自出现了私有制就没有过这种摆布法。他较为实际的设计则是：

> 圣王以为法，士大夫以为道，官人以为守，百姓以为
> 成俗。
>
> ——《荀子·正论》

> 君子者，治之原也。官人守数，君子养原；原清则流
> 清，原浊则流浊。
>
> ——《荀子·君道》

这已经与孔子所描绘的舜用四臣垂拱而治的格局有所不同了，荀子分出了层次，分别强调制定政策与执行政策的责任，但这还不足以显示荀子的特色。荀子援法入礼的一个重要的结论是广泛让士君子去当官，行政系统若不让士君子去操持，便是会有危险的。"治之要在于知道"（《荀子·解蔽》），运用礼法去治国裕民要求有足够的道与德、知与术，这是"唯士唯能"的。譬如"有法者以法行"，这是"官人百吏"可以做到的，而"无法者以类举"（《荀子·王制》）时，则只有君子才能掌握得好。他认为君子是国宝：

"君子也者，道法之总要也，不可少顷旷也。得之则治，失之则乱；得之则安，失之则危；得之则存，失之则亡。"（《荀子·致士》）就像礼高于法，王道高于霸道一样，士君子高于官人百吏，因为士君子能通权达变地运用礼的"类之纲纪"的功能，能在举措应变的情境中依然很好地体现礼法精神，这是俗吏和小人无法企及的。

荀子将礼法和道德一体化，彻底贯彻"壹于礼"的宗旨。

> 礼者，人主之所以为群臣寸尺寻丈检式也，人伦尽矣。
>
> ——《荀子·儒效》

> 人无法，则伥伥然；有法而无志其义，则渠渠然；依乎法而又深其类，然后温温然。
>
> ——《荀子·修身》

礼不是一般性的合理，而是一种必须透过现象才能把握得住的本质的合理（"深其类"），因此礼乃天下之至法、伦理之极致，"兼陈万物而中县（悬挂、确立的意思）衡（权衡、标准的意思）焉"（《荀子·解蔽》），这成为人们的行为准则。不但"非礼是无法也"，而且"人无礼则不生，事无礼则不成，国家无礼则不宁"（《荀子·修身》）。

《荀子·礼论》全面论述了"礼者，人道之极也"这个中心话语，在某种意义上可视为《礼记》一书的绪论。

初具规模的儒术

　　像"虽千万人，吾往矣"这样斗血气之勇的话，《荀子》中没有，但《荀子》中充满了量敌而进的智慧。孟子自谓余非好辩，余不得已。荀子则不得不向法家的堡垒——秦国人力陈"儒效"了。秦昭公居然敢对他说："儒无益于人国。"荀子则讲了一通儒在"人下"则"美政""美俗"，在"人上"则"礼节修乎朝，法则度量乎官，忠信爱利形乎下"的巨大效能。荀子还客观平实地区分了不同的儒：从德行上有君子、小人之分，从能力上有大儒、小儒之别。大儒具有"知统类"这种演绎类推的能力（术），尤为"国君之宝"（《荀子·儒效》）。

　　儒"有益于人国"，是因为儒有"术"。儒要想发挥出更大的"效"，就必须更自觉地讲究"术"。当然，要讲道术一体，诚如《庄子·天下》所说诸家都各有其道术。梁启超认为儒家哲学从来是道不离术、术不离道的。如"'民德归厚'是道，用'慎终追远'的方法造成他便是术。'政者正也'是道，用'子帅以正'的方法造成他便是术。"（《儒家哲学是什么》）这当然都说得很对，但孔子基本上还是从容中道、率性而行。孟子提过"仁术"，这也是悦近来远、仁者无敌思路上的话头。唯荀子大讲"术"，若用计算机统计，《荀子》一书中的"术"字的数量肯定是个可观的数目。孔学到了荀子这里终于有了初具规模的儒术。

荀子讲了那么多"术"，概括起来可分为四类：

一是治国之术，主要是指导人君该怎样做，才能上而王下而霸，这主要集中在《王制》《王霸》《富国》《君道》《致士》等篇中。其中心意思是既要区分力术与义术，又不排斥力术，更要用义术来统率力术，这与其礼法论、王霸论是一致的。这里面的话题今天看来仍然有趣的是那些具有哲理性的，如《荀子·解蔽》讲："上幽下险"则"小人迩而君子远矣"；"上明下化"则"君子迩而小人远矣"。而如何使君子迩而小人远是人治政体的一个结构性问题，它贯穿了君主制的全程。诸葛亮《出师》二表为此而感叹唏嘘。晚清之际，清流斥洋务派为小人，后党骂康党为小人。君子小人说不清楚盖因人治乃秘密政治之故也。荀子"上明下化"的主张是讲"公开性"的，他说"周而成，泄而败"的事情是昏君干的，因为"周则谗言至矣，直言反矣，小人迩而君子远矣"。另外，他还在《荀子·致士》中专讲"衡听、显幽、重明、退奸、进良之术"。

二是处世之术，主要是教导士君子如何与君主打交道，如何在社会中成功，其可分为"中道之术"与"持宠处位终身不厌之术"。这集中在《儒效》《荣辱》《不苟》《臣道》《大略》等篇中。其中心意思是守礼，恭而敬、明而哲，与圣君、中君、暴君打交道时该分别用怎样的姿态与方式，总之是教人聪明又正直而已。什么"隐而显，微而明，辞让而胜"（《荀子·儒效》）等以少胜多的道理，多少有点儿道家意味。

三是治气养心之术，就是思想修养的方法。这在《修身》《劝学》《致士》《君子》等篇中有较为集中的论述。他吸收了老子"虚壹而静"的思路，还称"道经曰：'人心之危，道心之微。'"那口吻已像后世的道学家了。这种修养术与处世术不同，主要是料理自家心思的。

四是心术，即广义的思想方法、逻辑能力，包括"师术""谈说之术"等。这散见于《解蔽》《劝学》《正名》《正论》等篇，基本上属于学术之术。

人们常说的儒术主要指的是治国术、处世术的内容。荀子相信"儒术诚行，则天下大而富，使而功"（《荀子·富国》）。他讲的儒术简而言之就是礼治的方法，而且又参酌了法家的权威主义和黄老的权变精神、屈伸之道。用中庸之道将这些东西兼综到一个合理主义的框架之中，这种做法本身就是儒术，也是一种理性的态度。他相信历史存在着合理性："有益于理者立之，无益于理者废之。""失中"即是"奸道"（《荀子·儒效》）。

不过，荀子的中道之术再也难有孔子那种中庸至德的牧歌情调了，它历史性地演变成了一种"兼术"："贤而能容罢，知而能容愚，博而能容浅，粹而能容杂。夫是之谓兼术"（《荀子·非相》），这与他多次标榜的"群居和一之道"（《荀子·荣辱》）正成道术一体。运用"兼术"要有"衡"的功夫，不能"蔽于一曲"，"蔽于一曲"是"心术之公患"（《荀子·解蔽》）。

"兼术"就是要求"分而一""不同而壹"。荀子对"壹"极有感觉，比如"壹德""壹民""壹天下"等，而"不以夫（彼）一害此一，谓之壹"（《荀子·解蔽》）。大而言之，他的治国方略就是分出科层，各司其职，除了君君、臣臣之外，他又添了农农、士士、工工、商商之类（《荀子·王制》）；又要"齐言行，壹统类""一天下，财万物，长养人民，兼利天下"等。他讲的"兼能"就是兼术的发用：人君该"均遍而不偏"，人臣该"忠顺而不懈"，人子该"敬爱而致文"等，做到了"兼能"，就"动无不当"了。兼术要求执两用中，他自言"此道也，偏立而乱，俱立而治"（《荀子·君道》）。

荀子是个了不起的逻辑学家，他讲"术"具有学理上的深度，充满了逻辑技巧。比如"以类行杂，以一行万"（《荀子·王制》），就是用一般（"类""一"）去把握、处理"个别"。"不同而壹"之类的"而"字结构则是中庸之道的标准话语形式，比后人说一方面、另一方面要整体化、动感一些。这些还真是天下之公器。

不知道他教李斯的"帝王之术"是些什么内容，当不会有极端主义、阴谋诡计的东西，因为他是个特别强调心术必须正的真儒。他曾警告那些逞私欲、不讲道义的小人："故以贪鄙、背叛、争权而不危辱灭亡者，自古及今未尝有之也。"（《荀子·解蔽》）他最自信的"天下之术"也只是克己尽忠而已。

君道本位在民

翻开《荀子》，满眼都是人君该如何如何，想想也是，孟子更像君之诤友，而谦谨雅正的荀子才像正格的帝王师。他总强调尊师贵傅，这也体现了他当帝王师的潜意识。但他并不以其道术去换取爵禄，他最蔑视"仰禄之士"，他更愿在稷下学宫当自由撰稿人、老师，以弘扬他认定的"人类的理性"。

荀子并不像法家、黄老派那样承认君主的天然合理性，也不像他们那样围绕着如何坐稳君位的问题献计献策，也就是说荀子不是君主本位者。首先，他提出了著名的"天人相分"说，腰斩了君权神授的神话。其次，他提出了著名的"载舟覆舟"说：

> 君者，舟也；庶人者，水也。水则载舟，水则覆舟。
>
> ——《荀子·王制》

他曾在历数暴君罪行之后指出："臣或弑其君，下或杀其上，粥其城，倍（背）其节，而不死其事者，无它故焉，人主自取之。"

（《荀子·富国》）再次，他的"富民论"就是在当时普遍重民的气氛中也有着夺目的光辉。儒家从来都是主张"下富而上富"的，孔子有著名的"庶、富、教"之论，孟子的仁政思想更是极而言之了。荀子的特色还在其"精于制度"：他从生产是财政的基础讲起，生产发展了，财政才能充足，若出现"田野荒而仓廪实，百姓虚而府库满"这种"伐其本，竭其源"的情况，国将丧，君将危。他有个尖锐的提法：

> 王者富民，霸者富士，仅存之国富大夫，亡国富筐箧，实府库。
>
> ——《荀子·王制》

这几句话不但总结了春秋战国的兴亡规律，也为此后两千多年兴衰更替的王朝结了总账。似乎每个王朝都经历了这四个阶段：开国时重民富民，前几个皇帝一般都雄才大略重视精英，而后便是让大夫、贵族们富足安逸的守成时期，到了最后就该卖官鬻爵、横征暴敛、竭泽而渔了。

荀子讲"君道"的主题就是劝皇帝修身诚意、以礼治天下：

> 请问为国？曰：闻修身，未尝闻为国也。君者仪也，仪正而景（影）正。……君射则臣决。楚庄王好细腰，故朝有饿人。故曰：闻修身，未尝闻为国也。
>
> ——《荀子·君道》

他给君人者布置了一系列作业，为了不显得强加于"学生"，所以从正名开始：

> 君者何也？曰：能群也。能群也者何也？曰：善生养人者也，善班治人者也，善显设人者也，善藩饰人者也。
>
> ——《荀子·君道》

做到了第一条"人亲之"，做到了第二条"人安之"，依次是"人乐之""人荣之"，"四统者俱，而天下归之"，这才叫"能群"。（《荀子·君道》）这与黄老、法家让皇帝自我神秘化，坐享其成，推罪于臣的做法有本质的区别，也是荀子之君道本位在民的必然体现。

荀子从各种角度论证在君之外有一个独立的世界：在君的对面有民，在君人术之外有天道（不为尧存，不为桀亡）。"得道以持之，则大安也，大荣也，积美之源也；不得道以持之，则大危也，大累也。"（《荀子·王霸》）但是，荀子照样是个标准的人治主义者。什么"有治人，无治法"（《荀子·君道》）、"治生乎君子，乱生乎小人"（《荀子·王制》），都教会了后世说评书的人。

黄老、儒、法都是讲人治的，区别在于儒讲仁义德治，靠思想教育去规范人们的观念、行为；法讲刑罚，玩权术，搞得人人自危，从而让人变得小心、老实起来；黄老讲少折腾，上无为而下有为。荀子的方略可以称为"半步兼综主义"。他将儒门的德治深化为君子之治，同时融合了法家论功行赏的办法，以罗设人、藩饰人。他想将君子楔入官僚体制中，从而抵制刻薄残忍的法家、狡诈阴险的纵横家混入朝中成为"篡臣"。在列强竞争的时代，容易唯才是举，但荀子强聒必用仁智兼备的君子，他特意讲慎择宰相的问题："知（智）而不仁不可，仁而不知不可，既知且仁，是人主之宝也。"（《荀子·君道》）

荀子还专门写了《臣道》，也主要是给君人者看的，让他们学会区分"大忠"（以德复君而化之）、"次忠"（以德调君而补之）、"下忠"（以是谏非而怒之）、"国贼"（偷合苟容，持禄养交）。他告诫君人者：

> 用圣臣者王，用功臣者强，用篡臣者危，用态臣者亡。
>
> ——《荀子·臣道》

荀子还专门写了一篇《致士》，恳切地敦请君主以极大的诚意招徕贤士君子，真够诲人不倦的。

劝学——为学之义

有人因荀子谈礼说法而说他是硬心肠的思想家，其实他是个心软、敏感、反应型的人。看他说"有争气者勿与辩也""色从而后可与言道之致"之类的话，就可以知道他是个时刻与外界发生着信息、能量转换的人。他分辨有狗彘之勇者、有贾盗之勇者、有小人之勇者、有士君子之勇者（《荀子·荣辱》），我们也能感到他身上有着文明人那种"理性的怯懦"。他居然去总结"持宠处位终身不厌之术""擅宠于万乘之国，必无后患之术"（《荀子·仲尼》），这也从一个侧面透露出他对这个世界的恐惧。也许可以倒过来说，他正因为心软才特别感到了秩序（礼）的重要性。

在纷乱诡变的时代，他几乎关注了当时所有主要的问题，并始终保持着合理主义的思想姿态，可以说皆因他智高而心软也。

他的论说风格也不像孟子那样盛气凌人。讨论任何问题，他都保持客观、冷静的分析态度，他突出的是理性本身而不是主观感情。他是个命名专家（这也得力于他的敏感与精细），他能用平实的语言做出简明透辟的判断。大的话题就不说了，一些细小的定义更有趣些，如"是是、非非谓之知（智），非是、是非谓之愚。伤良曰谗，害良曰贼，……保利弃义谓之至贼……少见曰陋，难进曰偍，易忘曰漏，少而理曰治，多而乱曰耗"（《荀子·修身》）。荀子本人是个享受着"公养"待遇的士，他既是士人思想家，也是教士人的老师，所以对士这个角色，他辨察入微，不妨稍作展示，以丰富今人的词汇：

通士、公士、直士、殷士、劲士、仰禄之士、正身之士、仕士、处士、法士……

不过，荀子说得最多的一个词是"士君子"。士君子是介乎士与圣人之间的一个宽泛的集合。如何使士成为君子是荀子极为关心的一个主题。因为君子是个聚焦点，是人文（礼，道统）的秉持者、人治（法，治统）的执行者，"无君子则天地不理，礼义无统，上无君师，下无父子，夫是之谓至乱"（《荀子·王制》）。他讲的"君道"是如何使用君子，他讲的"臣道"是如何做个君子，他讲的"劝学"则是培养君子——为学之义，"始乎为士，终乎为圣人"（《荀子·劝学》）。因为社会比过去发达了、复杂化了、暴力性更突出了，所以培养君子的难度空前加大了，由士成圣之路成了漫漫征途。

与"人性恶"的判断相一致，荀子认为"人之生固小人，又以遇乱世，得乱俗，是以小重小也，以乱得乱也"（《荀子·荣辱》）。若无师无法，不学习诗书礼乐，不但国将不国，而且人亦将变为非人。他是个坚定的理性主义者，不相信神秘的天启或非理性的感悟。孟子相信性善，所以主"气"，扩充即可。荀子相信性恶，所以主"节",强调"外铄":一是通过礼法来限制,二是通过学习来"化性"。他认为"性也者,吾所不能为也,然而可化也"(《荀子·儒效》)。

怎样"化"呢?简言之就是由智生德,先确立"为己之学"的志向,能使礼乐诗书的精义"入乎耳,箸乎心,布乎四体,形乎动静",积久入道,有了"生乎由是,死乎由是"的德操,"能定""能应"就叫"成人"了,就可以"使乎四方"不辱使命了。荀子这种先讲"为己之学"以敦实了品行并有了扎实的学问根底之后再来"学以致用"的程序是正确而深刻的。许多人因从"为人之学"下手而变成了仰禄之士。可叹的是荀子也居然有从改变命运这个功利性的角度来"劝学"的时候:

> 我欲贱而贵,愚而智,贫而富,可乎?曰:其唯学乎。
>
> ——《荀子·儒效》

当然,一涉及利禄,便避不开"以利导义"的后遗症,这不用多说。

要说的是这种学成君子从而变成士大夫的道路,不仅是个士子的出路问题,它还折射出政教合一这个上层建筑的总特征。荀子设计的礼法治国的政治模式与君子——官人百吏的组织形式成龙配套(君子设计出符合礼义的良法美政,并领导监督官人百吏去执行),从而上续了春秋之前的政教合一的大一统、下启了秦汉的政教合一的大一统。荀子还曾自觉地将圣与王、师与君并举齐观，想直接打通学与政的内在联系：

圣也者，尽伦者也；王也者，尽制者也；两尽者，足以为天下极矣。故学者以圣王为师，案以圣王之制为法，法其法，以求其统类，以务象效其人。向是而务，士也；类是而几（能通权达变），君子也；知之，圣人也。

——《荀子·解蔽》

政与学的关系打通了，孔学就变成儒术了，以道抗势的道统也便步入了借势行道的两难之境。

《大学》：儒学宣言

　　儒家一直想把全社会办成一所培养君子的大学校，据朱熹说，三代圣世就是这样一所大学校，所以当时能"治隆于上，俗美于下"。自周衰以后，便大势已去，唯孔子在拼命地努力，但他"不得君师之位以行其政教"，不得已只能以师徒相传的形式续君子之学的命脉（《大学章句序》），据说，孔子用的教科书就是这部《大学》。它比《论语》《孟子》更适合初学者的地方主要在于该书首尾该备、纲领可寻、节目分明、工夫有序，所以被列为"四书"之首。

　　当然，《大学》算得上《论语》《孟子》《荀子》的一个杰出的摘要缩写本。冯友兰先生用荀子思想来解读《大学》自有其理据，宋儒从思孟学派一线来细加发挥，也自有其条贯融通的法门。经过朱熹整理过的《大学》被分成经、传两部分，一章"经"文、十章"传"语，据朱熹说，经，是"孔子之言，曾子述之。其传十章，则是曾子之意而门人记之也"。这话的可靠性已被无数人审问过、反驳过，梁启超还认为戴震十岁时对其老师"朱子何以知其然"那一问，开启了近世科学研究的新精神，这当然都是后话。不过，这足见《大学》极有魅力，才成"四书"之首，才成为官方的"权力话语"文本，也才引来穿凿附会、反驳直取的拉锯战。朱熹分的一章"经"像一篇格言化的宣言，将儒学的主要内容术语化了，像修、齐、治、平几乎成了后世社会化的"顺口溜"；那十章"传"则像高头讲章。经，议而不论；传，论而不辩。但它们的确把孔学的主要思想连成了一个有序的"共同体"。用个不恰当的比喻，可以说它是儒学体系的程序图，尤其是八条目，像个环形套链，还真显示了儒学自循环的"周天"血脉，贯通其中的是自圆其说、直观外推的玄学逻辑。从平天下逐层还原，从格物拾级而下，那一个环形理路中包含着道德为本的人性论观念、道德万能的哲学观念、家国一体的社会学观念，核心当然是作为"修己治人之术"的大学之道。

"自天子以至于庶人，壹是皆以修身为本。"这既是孔门的道德哲学，也是儒家"施予有政"的政治方略。孔子对君人者讲礼治，讲身正令行，孟子给君人者讲仁者无敌，荀子教君主以修身为大本，都是这个思路，它有限地申说着类似"人是目的"这样的意思，但与西方之"人是目的"人本主义讲抽象化的"大写的"人不同，这里讲的人是必须讲求正心、诚意、修身、齐家的社会关系中的具体的人。所谓"三纲领"之第一纲："明明德"就包含着自明其明德又推及于人、明明德于天下这样一个由内圣而外王的完整思想。

那么什么叫"明德"呢？从语言层面讲就是光明伟大的道德，从哲学层面讲就是《朱子语类》中说的："明德，是我得之于天，而方寸中光明底物事。"所谓明德就是天理，修炼到明德境界就是浑然天理境界了。而明明德就是把这种光明伟大的道德发扬光大，去

"亲（新）民"，其极致就是"平天下""止于至善"，其过程便是"八条目"中的前四项："欲明明德于天下者，先治其国；欲治其国者，先齐其家；欲齐其家者，先修其身。"这主要突出了个人之于社会的关系，儒家向来是反对溺于虚空的修身之道的。它以修身为中枢，又连起后四项，即回答怎样修身的问题："欲修其身者，先正其心；欲正其心者，先诚其意；欲诚其意者，先致其知；致知在格物。"这段链条联结的是主、客关系。先儒大约明白了人的正确思想不是从天上掉下来的，"明德"能成为"方寸中光明底物事"，则须从"格物"做起，这是个十年"格物"、一朝"物格"的修炼过程。当八条目之"序"又从格物这边再展示一遍时，格物成了这个链条的始基，似乎约略相当于从认识论讲起了：

> 物格而后知至，知至而后意诚，意诚而后心正，心正而后身修，身修而后家齐，家齐而后国治，国治而后天下平。
>
> ——《大学》

但怎样格物才是真正的认识论问题，可惜《大学》语焉不详，后儒遂有种种解释，但基本上都是以正心诚意为格物的前提。朱子《大学或问》云："盖此心既立，由是格物致知，以尽事物之理，则所谓尊德性而道问学。"他认为还是尊德性第一，"此心既立"反而成了格物致知的起点。说起来，理学还是道问学的，逮至心学，便多是尊德性、致良知那一面之词了。

《大学》中这八条目正着说过来，倒着说过去，一方面如《朱子语类》所说："《大学》如一部行程历，皆有节次"，使人有"渐到那田地"的自觉。而更重要的是为了显示明德（内圣）与平天下（外王）是一回事，甚至内圣就是外王了："人皆有以明其明德，则各诚其意，各正其心，各修其身，各亲其亲，各长其长，而天下无不平矣。"（朱子《大学或问》，这个讲解是符合本意的）这个思路很高远，也很天真，但是个人修养之伦理追求与治国平天下之政治运作毕竟是两回事，是分属于两个虽有联系但不能混同的领域的。即使要求每个人由圣而王是正确的，也不能用道德代替法律、代替技术，毕竟道德心性与社会政治是两码事，修养再高的道德家未必治得了国、平得了天下。

其实，《大学》第九章的类推只是推论的转换："所谓治国必先齐其家者，其家不可教而能教人者，无之。"中间的逻辑缝隙之大是一目了然的，紧接的类推几成无类演绎："故君子不出家而成教于国：孝者，所以事君也；悌者，所以事长也；慈者，所以使众也。"更为典型的还有，如第十章讲义利之辨："君子先慎乎德。有德此有人，有人此有土，有土此有财，有财此有用。"每个环节都是靠不证自明的转换跨越的，然而正是这种逻辑一直支撑着那个道德万能的意识形态体系。

《中庸》: 学为君

后出转精,《中庸》以凝练的语言说清楚了孔子、荀子反复申言的修己安人、修身治国的内在理路。

我们先看其对知、仁、勇三连德的解释:

> 子曰:"好学近乎知,力行近乎仁,知耻近乎勇。知斯三者,则知所以修身;知所以修身,则知所以治人;知所以治人,则知所以治天下国家矣。"
>
> ——《中庸》第二十章

原来"治人"是从修身到治国家的中介,"修"是为了"知","知"是为了"治",难怪朱子用"修己治人之术"来注解"大学之道"。当然,明明德于人既是"治人"的内容,也是"治人"的规则;而且君子不当官,"民不可得而治"也是社稷的损失。这都不是关键,关键是《中庸》明确标示"治人"则在道德教化的链条中夹入了政治中介,可以转到权力运作上来。

《中庸》第二十章开头几句说透了这种思路：

> 子曰："文武之政，布在方策。其人存，则其政举；
> 其人亡，则其政息。……故为政在人，取人以身，修身以
> 道，修道以仁。"

古代政治运作的主要形式是"意识形态法"，靠"布在方策"的政典制定大计方针，然后靠选拔能够通经、达权、知变的君子去亲民、新民、牧民。"布在方策"的政典貌似法制化的管理，其实是人治人的"人制"——为政在人。所以，从天子至庶人，才都必须以修身为本。其实也是如此，越是人治的社会，对治人者与被治者的道德水平要求越高。

儒家"治人"讲究德治仁术，以求长远。法家"治人"讲诈术，《韩非子·难三》有经典性的概括：

> 人主之大物，非法则术也。法者，编著之图籍，设之
> 于官府，而布之于百姓者也（与"布在方策"殊无二致）。
> 术者，藏之于胸中，以偶众端，而潜御群臣者也。

潜御群臣与正心诚意、表率群臣有区别，尽管实际上那些人主们的统治术将二者结合着，但至少在理论上还是有区别的。

《中庸》给"为天下国家者"（君主）提出九项基本要求，即与"五连道"（君臣、父子、夫妇、昆弟、朋友）、"三达德"（知、仁、勇）

相并列的"九经":修身也,尊贤也,亲亲也,敬大臣也,体群臣也,子庶民也,来百工也,柔远人也,怀诸侯也。这都是政治指标,基本上是孔子有关议论的系统化、荀子思想的简约化。朱子说贯穿九经的是一个"诚"字,若无诚则成空文矣。这是相当精辟正确的,儒学也就这样将正心诚意与修齐治平连接起来,这就是儒术了。

还有,别忘了《大学》讲的诚意从"知止"中来的道理——由此也可以明白为什么讲节制的"礼"是孔学儒术之拱心石般的概念了,而且"知止而后定,定而后能静,静而后能安,安而后能虑,虑而后能得"。这不仅是修养的"工夫之序",还是正确的思想工作方法,也是保持中庸状态的功夫,而"从容中道"是圣人、圣上的当然气象。

诚,不仅是贯穿"九经"的心法,还是打通天人之际的心法:

> 唯天下至诚,为能经纶天下之大经,立天下之大本,知天地之化育。

——《大学》第三十二章

因为"至诚"能"尽性","能尽物之性,则可以赞天地之化育;可以赞天地之化育,则可以与天地参矣"(《大学》第二十二章)。还有什么"至诚如神""唯天下之至诚为能化"等,似乎不仅沟通了正心诚意与修齐治平的关系,还沟通了领悟天意的轨道,将内圣外王合而为一了。可惜这还是没有开出经济、法律方面的操作规则,仅限于教育来立论而已。

因为儒家基本上是教化万能论者，所以无论是持性善说还是性恶说，都强调学习的重要性，都相信通过教育可以改善社会的道德状况。《中庸》第二十五章特别强调"诚者自成也，而道自道也"，要想成己成物，必经格物致知的过程，积学成道的功夫是必不可少的。《中庸》第二十章所列："博学之，审问之，慎思之，明辨之，笃行之"之次第，朱注说这是"诚之之目也"，这是典范的博雅型人文教育。要想见识儒家的教育特色，最简便的办法就是看看与《大学》《中庸》同书的《学记》，它们都收在《礼记》一书中，是礼教文化的重要文件，《学记》像是包含了教法的教学计划。它同样强调修齐治平这一"教学目的"——"化民易俗：近者悦服而远者怀之，此大学之道也。"还有种说法，会让今人觉得很有趣：

> 君子知至学之难易而知其美恶，然后能博喻；能博喻，然后能为师；能为师，然后能为长；能为长，然后能为君。故师也者，所以学为君也。

这并非儒生在大言自壮，据说这是三代之遗风。君师之道是延续道统从而"治人"的命脉。《史记·礼书》概括得最为切要："天地者，生之本也；先祖者，类之本也；君师者，治之本也。"

《大学》《中庸》就是"学为君"的教材。

礼：根本大法

修身、齐家、治国、平天下的关键是身、家、国、天下都在礼的规范中。儒术的威力差不多都体现在礼制、礼仪、礼教中了。尤其是儒家让人相信了礼就是"理"后（《礼记·仲尼燕居》载："礼也者，理也。"），礼的力量也就是超人的——是必然性及其道理的体现了。

礼，相当于根本大法。尊贵如天子也不能明目张胆地犯"违宪"的错误。君主可以无法无天，往往是以文学为证据系统的判断。其实，礼对君主的约束力、规范性要比一般人能想到的大得多。比如说像废长立幼这样的事情不但很麻烦，还往往做不成。这一点，越到后来越明显。《礼记·礼运》载："天子适诸侯，必舍其祖庙，而不以礼籍入，是谓天子坏法乱纪。"因为庙尊于朝这是礼数，真正成为国家象征的是宗庙和礼。吴王未毁越国的宗庙，勾践才得以卷土重来，破吴之后勾践还嘲笑吴不毁越庙以至有今日，毁了吴的宗庙，就可以宣告战争的最后胜利。而新王必改制、易服色，也说明礼是一个王朝的表征。

最能说明以礼修身、德成即可治国、平天下这一"秘密通道"的，莫如《礼记·文王世子》篇。由世子成为国君的过程是个由人子成人父、由人臣成为人君的过程，尊君就是亲亲了，亲亲就是尊君了。世子有"太傅在前，少傅在后"教他见习父子、君臣之道。这不是儒术厉害，而是周礼本来如此，儒家只是实践它、信奉它，从而在它衰落后还要重建它。

《仪礼》就是记录战国以前贵族生活的各种礼节仪式的专书，据说它是孔子整理用来教学生的课本。宋人王应麟将全书十七篇讲的各种礼数概括为吉、凶、宾、嘉四礼。那些烦琐至极的礼节规定，今人除了觉得莫名其妙外，便会觉得古代贵族生活得太悠闲了，也许还能从中领悟所谓东方悠闲哲学之由来。那些仪式太程序化了，许多礼仪是需要演练的。到了汉初，司马谈还这样慨叹："累世不能通其学，当年不能究其礼。""博而寡要，劳而少功，是以其事难尽从。"——不能完全照着他们说的那样去做（《论六家之要指》）。

引人深思的是，《周礼》所讲的既不是典型的周制，又有许多纯属设想的东西，但后世王朝的中央官制与之若合符节。尤其是隋开设、唐成熟的吏、户、礼、兵、刑、工六部全在《周礼》六官的框架内。这倒不是说先圣为后朝立法了，今人不再相信汉儒那一套先圣为后世定制度的神话。六部的形成也绝不是照本宣科、按图索骥般营构出来的，只能说是那种生产关系、社会制度的一种必然结果，我们只能佩服《周礼》的作者抓住了中央集权政体的实质及他的非凡的逻辑推演能力：天官冢宰是治官，掌邦治；地官司徒是教官，掌邦教；春官宗伯是礼官，掌邦礼；夏官司马是政官，掌邦政；秋官司寇是刑官，掌邦禁；冬官（原篇亡佚）当为司空，掌邦事，管所有的工程建设。每一职官下面都有一大片"科层制"的官名及其职掌。

《周礼》的体制体现着所谓的"文武之政"的格局，布政典于方策、为政在人。《周礼·天官冢宰第一》首列"六典"，虽列于天官职掌之下，却也是天子之"大柄"：

> 一曰治典，以经邦国，以治官府，以纪万民。二曰教典，以安邦国，以教官府，以扰（驯也，意谓教化民而使之柔善）万民。三曰礼典，以和邦国，以统百官，以谐万民。四曰政典，以平邦国，以正百官，以均万民。五曰刑典，以诘（禁也）邦国，以刑百官，以纠（察也）万民。六曰事典，以富邦国，以任（用也）百官，以生万民。

六官对口负责执行本典规定的内容，逐层将事责分下去，百官司百职，又逐层对上级负责。天官冢宰统摄其他五官，后世俗称为宰相，也雅称宰相为天官或冢宰，他是天子的代理人，以"八法"（对所有官员的任用、考成、监察的原则）来推动这个庞大的官僚体制运转，以"八柄"驾驭百官，以"八统"驾驭万民，以"八则"管理地方工作。天子则在天官的上面和后面，有功则受誉，有过则推罪，统领、清算一切。连外国人孟德斯鸠都看出，设置丞相是古代中国集权政治的一条根本法。据《礼记·礼运》说，礼崩乐坏之前的王基本上是处在代表着礼的"法老"们的包围中的："宗祝在庙，三公在朝，三老在学，王前巫而后史，卜筮瞽侑皆在左右。王中心无为也，以守至正。"这与孔子在《论语》中有关说法是一致的：君王像北极星一样不动，众星围绕着他，他心正身正表率群臣，就可以垂拱而治了。

在原始、纯朴的社会，这种行政方式也许是最好的。后来世界变得复杂了，儒家还坚持这一套，自然"其事难尽从"了。但"若夫列君臣父子之礼，序夫妇长幼之别，虽百家弗能易也"（《论六家之要指》）。这一点也成了百家的共识，再谈到"治术"时道、法两家也都是大讲其"礼"的。儒家的特色则是对那些"学为君"者天天讲、时时讲修齐治平的道理，对天子的约束，也只有信赖万能的礼了。

《礼记》：以义释礼

诸子关于礼的起源及其作用、意义都做过论述，儒家这一门则一直是在极而言之，故有人称儒家为礼家。仅这一家，至汉初言礼凡有三变：孔子强调"必也正名"与"和为贵"相辅相成、体用相生；荀子则援法入礼，其礼论几成国家哲学；《礼记》是汉初编选的论文集，其篇什不出一人之手，亦非一个时代的作品，但关于礼的意见基本一致，最大的特点可以说是以义释礼、以礼治情。

义者，宜也，天理应该之意。终极的解释当然是要接通与天与地的关系：

> 礼也者，合于天时，设于地财，顺于鬼神，合于人心，理万物者也。
>
> ——《礼记·礼器》

这种天理应该的说法我们不必理睬，一些有人情味的解释倒挺得人心：

故礼之于人也，犹酒之有糵也。君子以厚，小人以薄。故圣王修义之柄，礼之序，以治人情。故人情者，圣王之田也，修礼以耕之，陈义以种之，讲学以耨之，本仁以聚之，播乐以安之。故礼也者，义之实也，协诸义而协，则礼虽先王未之有，可以义起也。义者，艺之分，仁之节也（义为分限之宜）。协于艺，讲于仁，得之者强。仁者，义之本也，顺之体也，得之者尊。故治国不以礼，犹无耜而耕也；为礼不本于义，犹耕而弗种也。

——《礼记·礼运》

接着逐层推下去："仁"是收获，"乐"是品食，这样达于"顺"，人便"肥"了；扩而充之，家"肥"了、国"肥"了、天下"肥"了——"是谓大顺。大顺者，所以养生、送死、事鬼神之常也。"(《礼记·礼运》)

这段话没有那段讲大同小康的话有名，但对于说明礼的全体大用及其入微无间的特性当是"权威发言"了，而且讲了礼与仁、义、学、乐相依相生的关系，从养生到送死这个人生全程。礼，衣被百代而不衰，正在于它是这样的生死相随的"重典"，它的巨大的生命力正在于这种人情味。从礼发酵成味之"糵"的功能到乐感文化之美好结局，真让人相信居于礼是安身立命的最好处所了：名教之中自有乐处。作如是想，礼之治情的作用已赫然矣，而过程和特点却是袭人于不觉。

《礼记·礼运》将"礼义以为器，人情以为田"的耕耘过程概括为"修十义以治七情"。"七情"（喜、怒、哀、惧、爱、恶、欲）是人的自然本性，"十义"是人在其所处的社会关系中的十项"应该"，即父慈、子孝、兄良、弟悌、夫义、妇听、长惠、幼顺、君仁、臣忠。"人藏其心，不可测度也。美恶皆在其心，不见其色也，欲一以穷之，舍礼何以哉？"

怎么治呢？一是进行一系列正面教育。简单地说，就是用体现着礼的精神、原则的"六艺"引导人、社会到各安本分又其乐融融的境界，"教民平好恶而反人道之正"（《礼记·乐记》），这种治也叫"教化"：

> 礼之教化也微，其止邪也于未形，使人日徙善远罪而不自知也。
>
> ——《礼记·经解》

二是筑起不能逾越的堤防，开列许多"不许""不应该"，就是用礼法来"节民心、防淫纵"，《礼记·坊记》专门讲这个问题，但不如《礼记·经解》中这几句话明白扼要：

> 夫礼禁乱之所由生，犹坊止水之所自来也。故以旧坊为无所用而坏之者，必有水败；以旧礼为无所用而去之者，必有乱患。

那些说不完的规矩筑成一道让每个人都拥有"自卑而尊人"

（《礼记·曲礼》）的精神的万里长城。这种设阡立陌的礼本是与那"大顺"之礼里应外合的，可是后世的礼主要变成了堤坝，积极管理变成了消极管理。

其实，礼只是习惯的绝对化、神圣化而已，它起源于最早的祭祀行为。《说文》释礼为："履也。所以事神致福也。"王国维先生说卜辞中的"礼"字，像是用两块玉盛于器皿中去做供奉，以敬祖先或上天。《礼记·礼运》中也有考释性的说明："夫礼之初，始诸饮食，其燔黍捭豚，污尊而抔饮，蒉桴而土鼓，犹若可以致其敬于鬼神。"祭祀行为因其具有神秘性而渐渐变成神圣化的礼仪了。这毕竟是对群体的一种组织方式，于是祭祀便有了礼之"制典作则"的含义，并不断地经巫史们理由化，于是成了"经国家，定社稷，序民人，利后嗣"（《左传·隐公十一年》）的宪法——"礼，王之大经也"（《左传·昭公十五年》）。而且礼的内涵不断扩大，包含了后世思想领域所有的一级命题：真理的形式、道德的根源、历史的法则等，这真是世界文明史上的奇迹。它不但是人与兽的分水岭，还是家国存亡的生命线——"失之者死，得之者生"（《礼记·礼运》）。

下面是《礼记·曲礼》中的一段话，却与贾谊的《贾谊新书·礼》中的话完全一致：

> 夫礼者，所以定亲疏，决嫌疑，别同异，明是非也。……道德仁义，非礼不成；教训正俗，非礼不备；分争辩讼，非礼不决；君臣上下，父子兄弟，非礼不定；宦学事师，非礼不亲；班朝治军，莅官行法，非礼威严不行；

祷祠祭祀，供给鬼神，非礼不诚不庄。

《史记·礼书》也引这一段做概论。这是经秦火之后，"时贤"们达成了共识，还是秦始皇"脚踹"了礼乐传统后的一种历史性的渴望？

但是，秦始皇是使用礼仪的，而且是相当森严繁杂的。

《吕氏春秋》今犹在

明初大儒方孝孺评《吕氏春秋》："其《勿躬》篇言人君之要在任人,《用民》篇言刑罚不如德礼,《分职》篇皆尽君人之道,切中始皇之病,其后秦卒以是数者溃败亡国。"最后,他大发感慨："世之谓严酷者必曰秦法,而为相者,乃广致宾客以著书,书皆诋訾时君为俗主,至数秦先王之过无所惮。若是者,皆后世之所甚讳,而秦不为罪。呜呼,然则秦法犹宽也。"他是在感叹朱明王朝在钳制言论方面的苛酷程度胜过秦始皇。方先生话音未落就被朱棣灭了十族——在九族上加了学生一族。

但吕不韦招宾客作《吕氏春秋》时,始皇帝还未"一天下"而坑儒呢,而且主编《吕氏春秋》时的吕不韦是秦国第一执政者。吕不韦秉政期间粉碎了敌军的进攻,并大幅反攻之,统一全国已为时不远了。他编《吕氏春秋》就意在设计一个统一后如何治理国家的蓝图。也就是说,他一边着手用武力统一版图,一边着手用融合百家的方式来统一思想。在争鸣过程中已相互渗透着的"百家",有了趋向综合的势头。吕不韦取"兼容"的方针,也顺应了这个大趋势。

秦王亲政并登基为始皇帝后，那几次重大的议定国是的御前会议的争论表明，当初还是有多种选择的可能的。但像始皇帝这样处在"开局"关口的人物，其个性、个人作用显得异常刺目。他似乎自幼就受到了以商鞅为代表的刻薄寡恩的秦法家文化的熏陶，并形成了这种类型的"早期经验"及其阴隼刚愎的个性，他就是喜欢读《韩非子》这样的书，信任李斯那样的人，对韩非"国者，君之车也"之类独裁便己的论调深信并钟爱之，于是走上"独制其民"的绝对君主制。

尽管历史不存在"假如"，但因有《吕氏春秋》在，我们可以这样假设：若吕不韦还秉政，则相当可能一步到达汉初境地。《吕氏春秋·序意》中那段良人问文信侯的话极可能是秦王问其仲父吕不韦的话，所以吕不韦才引用黄帝教诲其孙子颛顼的典故作发语句，并情深意长地希望这个少年成长为一位贤明的君主。

《吕氏春秋》是一部"治典"，意在从"治乱存亡"的历史中总结治理国家的"大圆""大矩"："上揆之天，下验之地，中审之人。若此，则是非可不可无所遁矣。"吕不韦希望"良人"能"循其理""为民父母"，使天下成为清平盛世（《吕氏春秋·序意》）。这种立意和办法是儒家套数，我们前面讲《大学》《礼记·文王世子》时已经讲过，也许《大学》《礼记·文王世子》成篇晚于《吕氏春秋》，但《荀子》中早有专门劝君主修身明理的篇什。《吕氏春秋·执一》中有几句话与《大学》中那几句格言特别相似：

为国之本在于为身，身为而家为，家为而国为，国为
而天下为。故曰：以身为家，以家为国，以国为天下。

然而它却是从道家长生久视之话头说过来的。《吕氏春秋》杂
糅儒道，大率如此，已在努力往细微处化了。

本来儒与道之间，甚至儒、道与法之间并不存在你死我活的对
抗性，它们只是各执一词而已。人为地推它们到你死我活境地的
是李斯、秦始皇。秦始皇焚书坑儒的举措似乎提示着思想界应该
给那些各执一词的学派来一番清理、归并，这才有了司马谈的《论
六家之要指》：整齐划一地命名之、比论之，而着眼点在"术"不在
"学"，《论六家之要指》不是学术史要略，而是治国方针、方法的综
述，其倾向在于以道家为基本兼综别门，这与《吕氏春秋》的大方
向完全一致。

有个重要的历史背景必须补述：战国养士的公门或私门，是不
分学派而兼容并蓄的。稷下学宫，有孟荀之儒，也有宗道、主法的
人。管子被后人归为法家，但《管子》一书，却是稷下学宫里黄老
派学者们的作品。战国争雄，最活跃的是策士，他们前门姓张、后
门姓李，是根本不顾主义和家法的。然而，正是这些"务于治"的
策士不但成了融合诸派的媒体，而且也将"学"导向了"术"，渐渐
地形成百家殊途同归皆务于治的大趋势。吕不韦所养的士就是这
样一个"集团军"，什么"兵种"的都有。《吕氏春秋》以兼综的姿态
出现是理固宜然之事。

后世儒者反刍这段辛酸史，无不感叹儒学被别的邪说挤到了

被人遗忘的角落，然后归结为霸道的世界容不下圣学。其实，儒学并没有休歇，它只是以另外一种方式来切入罢了。这倒看出先儒们并不像后儒们那么不知权变，他们有足够的灵活性、开放性。这方面的典范第一是前面的荀子，第二是后面的董仲舒。孔子就是个"杂"家，他损益夏礼、殷礼而统一于周礼，笔削《春秋》意在为后世立道义法则，"务于治"的意念既强烈又持久。但是，他不枉道尊势，所以也不得势。孟子还坚持他这个道尊于势的传统，却受到荀子的"隆重"批判（《荀子》）。荀子要追求"统礼义，一制度"的"儒效"，便采取了凡是有益于此的道理尽量揽入的方略。他还抱持为天地立法之"主义治国"的信念，他教李斯的就是"帝王之术"。但是握有政权的人似乎和持有学说的人在做一种交易：你的学说有益于我的政权的稳固发展，我便用你的学说，给你官当，否则，大路朝天，各奔前程。而"挟术自重"的士人们，渐渐地由用我的学说，我才为你服务，变为给我官当，我为你创立新说也可以。李斯辞别儒门时对他的老师荀子说：

> 斯闻得时无怠，今万乘方争时，游者主事。今秦王欲吞天下，称帝而治，此布衣驰骛之时而游说者之秋也。处卑贱之位而计不为者，此禽鹿视肉，人面而能强行者耳（意谓不假游说取荣贵，即如禽兽徒有人面而已）。故诟莫大于卑贱，而悲莫甚于穷困。久处卑贱之位，困苦之地，非世而恶利，自托于无为，此非士之情也。故斯将西说秦王矣。
>
> ——《史记·李斯列传》

我们不仅可以从中看出"人才走向"，大约还可以看出"术"与"学"变化的内在驱力吧。

李斯到了秦国，首先投奔的就是吕不韦，求当"舍人"，不韦贤之，任以为郎，李斯因能与秦王直接对话了，便把本事都施展出来了。他是否在"倒吕"事件出了力，尚无确证，但他的确取代了吕不韦的相位，而且教秦王禁毁私学、蠲除诗书百家语、以吏为师……这些措施都是与吕不韦的方针相反的。这其中除了大的政治历史原因外，绝对有李斯个人阴暗的心理在作祟，诸如恐惧当厕中鼠而为独占仓廪不择手段、由舍人为相害怕再回去当舍人及怕别的舍人出来取而代之等，总之具有暴发户无所不用其极的特征。正好那位始皇帝与他同理同心，二人相得益彰，堪为伯仲：举措强硬，心态脆弱。

而吕不韦起脚于精明的奸商，终成为政多年的雍容相国，复有胜利者的大度、居高临下的从容、开明，所以《吕氏春秋》反倒有点儿王者气象，至少像老贵族，家底殷实，要什么有什么。

儒、道、法同舟共济

用长时段的眼光看，似乎可以说《吕氏春秋》是从《荀子》到《春秋繁露》间的一个过渡。一种可以称为"春秋情结"的立意，将三者贯穿起来。

荀子并不以治《春秋》名，《荀子》一书也不依赖《春秋》而发论，但《荀子》以礼为天下立纲纪的精神是一种典型的"春秋情结"。《吕氏春秋》则是从命名到立意都以"吕氏版《春秋》"自居的。董仲舒则以直接解经的方式建起一个"《春秋》大一统"图式。董氏在吕氏"统而不一"的基础上弄成了一个"一而统之"的体系，虽然幅面不如吕氏的大，但内在肌理上比吕氏深而密了。

章学诚在《文史通义》中说："《吕氏春秋》亦春秋家言而兼存典章者也。"什么是"春秋家言"呢？章氏说："古者春秋家言，体例未有一定，自孔子有知我罪我之说，而诸家注书往往以《春秋》为独见心裁之总名。"司马迁概括《吕氏春秋》的特点为："上观尚古，删拾《春秋》，集六国时事。"（《史记·十二诸侯年表》）所谓的"删拾"当是学习《春秋》而又突出"独见心裁"。以上议论都在指陈

《吕氏春秋》于历史中见政治的特征，这也就是"春秋情结"的根本特征，而且也是后世文人儒者以"法古"为证据系统的一个由来。

关于《吕氏春秋》的思想倾向，人们或以为是以儒家为主，或认为是以道家为主，或认为是以杂家为主。我们则仅从其承前启后的过渡性着眼：它之杂是上承六国"思绪"、下启董子，它之儒是上承荀子、下启董子，它之道则下启了董子、《淮南子》。再说儒、道、法在归于"治"这一点上，许多见解不谋而合，那些不合的地方又在对立补充着。《吕氏春秋》的杂，就是采取了一种准多元化的立场，为着治国这个根本目的，让它们同舟共济，随才器使：让帝王养身便是道家那一套长生久视之术，教帝王修身则是儒家修齐治平这一路仁术，要用众治官府离开法家那一套势术也不行，对老百姓则以儒家的爱民、教化为主。唯有这样才能长治久安，没有副作用。这至少是能保护"生态平衡"的方略，而李斯、秦始皇独"以法为教、以吏为师"则破坏了平衡态。

当然，《吕氏春秋》也不是散漫无统的，它的编撰目的就是教育君人者、"学为君者"，就是一种广义的"帝王之术"。归根结底一句话就是：当好皇帝、管好国家。但光发号召无济于事，得讲出具体的方法、道理来，所以它从思想讲到操作艺术，以"十二纪""八览""六论"的篇幅从天地古今、政教兵农等方面来"述往思来"。

就思想而言，它标举"贵公去私"："天下非一人之天下也，天下人之天下也。"（《吕氏春秋·贵公》）这好像是纯儒的口气，可是《慎子·威德》载有："立天子以为天下，非立天下以为天子也。"《商君书·修权》载："尧、舜之位天下也，非私天下之利也，为天下位天下也。"而慎、商二氏是著名法家。特意举这个例子是为了表明儒、法之间的壁垒并不像韩非之后那么分明,《吕氏春秋》杂糅起来没有多么困难。《吕氏春秋·去私》篇还表彰尧、舜禅让。《顺民》《精通》《行论》诸篇讲以民为本的句子几近孟子,当然总体意思不出荀子"载舟覆舟"的范围。后世君主强调以仁义道德作"为政"的根本就是怕"覆舟"。

《吕氏春秋》学了《荀子》的最根本的一点:讲理,无论做什么都要保持一个合理的"度"。荀子讲礼的一个核心思想就是论证礼的实质是合理,是"度量分界",起于"使欲必不穷乎物,物必不屈于欲,两者相持而长"(《荀子·礼论》)的合理要求。因此,"礼也者,理之不可易者也"(《荀子·乐论》)。《吕氏春秋》基本上始终如一地保持着这种态度,并用阴阳学家那一套关于相生相克的理论来支撑其平衡合理,这才是正道的主张。它仅这一点就比李斯、韩非、秦始皇那一套急、暴、专、滥的主张公正而人道了。

具体来说,《吕氏春秋》常常理义并提,以理代礼,如:"忠孝,人君人亲之所甚欲也。显荣,人子人臣之所甚愿也。然而人君人亲不得其所欲,人子人臣不得其所愿,此生于不知理义。"(《吕氏春秋·劝学》)人君人亲这些既得利益者要讲理、节制自己的要求;人子人臣这些供奉尊长的人要讲义、克制自己的意志,从而保持使"两者相持而长"的合理状态。"义理之道彰,则暴虐、奸诈、侵夺之术息也。暴虐、奸诈之与义理反也,其势不俱胜,不两立"(《吕氏春秋·怀宠》)。怎么办呢? 对于一个人来说要"不苟"(《荀子·不苟》);治国则"审名定分","不审名分,是恶壅而愈塞也"(《吕氏春秋·审分览》)。这发挥着荀子"礼者，法之大分，类之纲纪也"的思想。《吕氏春秋·适音》相信"胜理以治国则法立"，循礼就是执法了。

《吕氏春秋》的重头戏是"十二纪"，而"十二纪"总体上是按着阴阳家"天人感应"的图式来划定议题的。"春纪"则讲"本生""情欲"，"夏纪"则讲"劝学""大乐"，"秋纪"则讲"荡兵""论威"，"冬纪"则讲"安死""诚廉"。其认为自然季节的特性支配着人的欲念行为，社会秩序的安排也就该与之相合相契，悖乱"圆园道"不会有好下场。

"阴阳变化，一上一下，合而成章……日月星辰，或疾或徐，日月不同，以尽其行。四时代兴，或暑或寒，或短或长，或柔或刚。"（《吕氏春秋·大乐》）这个节奏、秩序决定了人的行为的节奏、秩序。董仲舒把这种思维范式应用到"三纲"的建立上便功德圆满了：礼——理（经验性的合理）——天理（超验的合理），从而毋庸置疑、毋庸置辩，诚意"奉天"就是了。

支配着思想演进的力量，一是前代的范式，二是历史本身的演进。所以，我们下面把目光稍稍移向秦汉易代之际的历史及所谓的"历史心意"。

"柔顺取容"的儒生

在倾轧的链条上,李斯是吕不韦的"下一个"。当他成了刀俎间残喘的鱼儿时,突然儒味盎然,犹如回光返照之际的良心发现,或许是因为要大骂秦二世无道非用儒学原理不可了:

> 凡古圣王,饮食有节,车器有数,宫室有度,出令造事,加费而无益于民利者禁,故能长久治安。今行逆于昆弟,不顾其咎;侵杀忠臣,不思其殃;大为宫室,厚赋天下,不爱其费。三者已行,天下不听。今反者已有天下之半矣,而心尚未寤也。而以赵高为佐,吾必见寇至咸阳,麋鹿游于朝也。
>
> ——《史记·李斯列传》

这个给秦二世大讲"圣人督责之术",对造成"刑者相半于道,而死人日成积于市,杀人众者为忠臣"这种局面负有责任的李丞相,此刻"忠而被谤",在深渊之中洞见了过分"执一"之极端主义的深刻危机。这实际上透露出了攻守势易当异术的必然要求，但这时才"觉悟"，无论是对秦王朝，还是对李斯这个执导暴政的人，都太晚了。

此时，被他的焚书、禁书令压迫得无法立足的儒生们，已背着《诗经》《尚书》、礼器等走向陈涉的农民军了。

"好儒术"的魏之名士张耳、陈馀，不是纯儒，没有负笈挟书，但他们试图用儒术影响陈涉，主要是劝陈涉缓称王：

> 今始至陈而王之，示天下私。愿将军毋王，急引兵而西，遣人立六国后，自为树党，为秦益敌也。敌多则力分，与众则兵强。如此，野无交兵，县无守城，诛暴秦，据咸阳，以令诸侯。诸侯亡而得立，以德服之，如此，则帝业成矣。今独王陈，恐天下解也。
>
> ——《史记·张耳陈馀列传》

我们的主要兴趣在于见识兵戈中的实用儒术的模样。反对"示天下私"，主张"立六国后"，这既符合儒学以民心为本、兴灭国等原则，也是精明的策略，那时就应该展开反秦的统一战线，"立六国后"是发动、组织民众的有效方式，后来的灭秦战争基本也是这个过程（所以，有理由怀疑这段话是司马迁代前人立言）。陈涉不听的主要原因当是不相信后半截：以德服之，就能成帝业？在刀兵相向的暴力对抗之中，谁那么温情浪漫？而且陈涉不允许有另外的山头出现，就是张耳、陈馀两个人后来的做法也未能保持这个儒术宗旨。

习惯用儒冠当便器的沛公有句口头语："吾方以天下为事，无暇见儒人也。"郦食其让属下通报是高阳酒徒拜见，沛公反而见了。郦生与讲礼的先儒、后世学校中的儒风大不相同，但他"状貌类大儒，衣儒衣，冠侧注"，把门的人也把他当儒生，沛公也素知他是儒生。好在沛公还能懂得对他有利与否，采纳了郦生两个重要的建议，先抓住了陈留，后抓住了敖仓，从而保住了根本，也稍稍改变了自己蔑视儒生的习惯。

还有一个娄敬，跟已定都洛阳的刘邦讲了一通周室如何兴旺的道理，刘邦遂迁都长安，并因娄敬这首言之功而厚赐他改姓刘。司马迁没说他是不是个儒生，但他活学活用礼之妙道，献和亲高策："冒顿在，固为子婿；死，则外孙为单于。岂尝闻外孙敢与大父抗礼者哉？"讲求实效又正因打不过匈奴而犯愁的刘邦曰："善。"（《史记·刘敬叔孙通列传》）从这种意义运用礼，还真是儒学史上的新篇章。气得王夫之直骂他"一言败礼"。

以上都是插曲，为了烘托氛围，这些或许能帮助我们推想烽火年代"儒而不儒"的某些特征及其原因。汉代第一显儒是叔孙通，余英时视他为儒学法家化的第一人（《反智论与中国政治传统》），因为他在尊君卑臣方面有"发凡"之举。其实，尊君卑臣并不是法家的"专利"，儒家何尝不尊君，黄老道术何尝不尊君。叔孙通那一套技巧更有以退为进、以柔克刚的黄老派作风，叔孙通被正儒指控为"所奉者且十主，皆面谀以得亲贵"的无耻小人。投主子之所好是他成功的秘诀。他给秦二世当博士（秦代官职）时，居然将大队造反的兵马说成蟊贼在偷鸡摸狗而已，因为秦二世讳言戍卒造反。别人真说实话而倒霉，他却溜之大吉。叔孙通投奔汉王，汉王憎儒服，他便立即换上一身短衣，倒也切合"柔顺取容"的儒之古意。刘邦本已废除秦之苛仪，他却能揣摩圣上的深层心意，演出一套尊君宗旨鲜明又易行的礼仪，使高帝大为受用："我乃今日知为皇帝之贵也。"（《史记·刘敬叔孙通列传》）朱熹、顾炎武都指出过：汉礼大端乃秦礼也。朱熹还做了比较：这种让群臣震恐的礼与三代燕飨之君臣气象大为不同，"盖只是秦人尊君卑臣之法"（《朱子语类》卷第一百三十五）。他罕见地面折帝议，甚至表示"臣愿先伏诛，以颈血污地"，这是为废太子事，那也是因为他乃太子太傅，太子的立废直接关乎他的存亡贵贱。看来不搞实用主义、投机主义，就真是叔孙通所蔑视的"不知时变"的"鄙儒"了。连司马迁都这样说：

> 叔孙通希世度务，制礼进退，与时变化，卒为汉家儒宗。"大直若屈，道固委蛇"，盖谓是乎？
> ——《史记·刘敬叔孙通列传》

司马迁显然感到历史进入了一个混杂化的时期，儒也在"与时变化"，后来官场中的巧儒都在学叔孙通——以之为宗了。

汉初无儒相

儒门在变，道、法两家也都在变。儒家在道家化、法家化，道家也在儒、法化，法这一门虽没出什么"家"，却一直在支配着君相们的头脑。汉初百年思想融会的程度让学派研究家们觉得谁都是杂家，只是分工有侧重而已："儒"主宣传，收民心、稳臣心，功效在装饰；"法"主治民、治臣，是"硬件""实体"；"道"则是摆布儒、法的总术，最高执政之"无为"是为了让各司其职的人大有作为，所谓的刑德并重、阳儒阴法，执其枢纽者"道"也。这才是常说的汉初以黄老之术治天下的真相。

叔孙通邀请鲁地正宗的儒生帮助他为汉家制礼仪，却遭到了义正词严的拒绝：养德百年方可言制礼乐之事，"公往矣，无污我"。事实上也是如此，叔孙通在"天下初定，死者未葬，伤者未起"的历史条件下，所作的礼不可能是古礼，他即使硬复制出周代礼仪也会被刘邦废置不用。接受了陆贾的劝告，知道了"在马上"治不了天下的刘邦，却终身没有下过马，最终死于平乱的军旅中。陆贾曾问刘邦说，若秦并天下后，行仁义、法先圣，陛下还能得到天下吗？刘邦强压怒火，马上"变消极因素为积极因素"，让陆贾总结秦亡汉兴的道理及长治久安之术。陆贾作《新语》十二篇，每一篇奏上，"高帝未尝不称善，左右呼万岁"（《史记·郦生陆贾列传》）。陆贾的总提法是攻守易势当异术，逆取顺守，秦因"举措太重而用刑太极"而速亡，汉当确立以"仁义为本"的思想，宽刑简政，无为而治。虽然陆贾是道家，但《新语·至德》中的社会理想、为政之道却是一派儒风，比《吕氏春秋》"儒"得多了。但是因为高祖未下马，忙于平定陈豨、卢绾、韩信、黥布等人的叛乱，陆贾的《新语》事实上成了束之高阁的摆设，因此贾谊、董仲舒他们才起而重说一遍又一遍。

《史记·儒林列传》在讲了叔孙通制礼后有段扼要的概述：

> 然尚有干戈，平定四海，亦未暇遑庠序（学校）之事也。孝惠、吕后时，公卿皆武力有功之臣。孝文时颇征用（用文学之士居位），然孝文帝本好刑名之言。及至孝景，不任儒者。而窦太后又好黄老之术，故诸博士具官待问，未有进者。

大名鼎鼎的吕后"佐高祖定天下，所诛大臣多吕后力"。她在刘邦死后更为刻毒，残酷地铲除异己，那副刚决的法家风骨并不比秦始皇逊色。当然，她刀锋所向，是在宫内朝中，她对商贾却政策宽大。《史记》单写《吕太后本纪》，正因为她代表着一个重要的时期。而且所谓的"萧规曹随"并不是那么与民方便、与自己方便的。

这两个人"皆起于秦刀笔吏",而萧何之规,像叔孙通之礼一样都是从秦那里"承"过来的,正如《汉书·刑法志》所说:

> 汉兴,高祖初入关,约法三章……其后四夷未附,兵革未息,三章之法不足以御奸。于是相国萧何攗摭秦法,取其宜于时者,作律九章。

在萧何的"九章"中,"尚有夷三族之令……先黥,劓,斩左右止,笞杀之,枭其首,菹其骨肉于市。其诽谤詈诅者,又先断舌"。统治阶级在社会基层则实行"什伍连坐制"——不再仅是《管子》中所说的那种严防逃犯逃亡的户口制度了,还具有"挑动群众斗群众"、以民治民的阴险用意:"令民相伍,有罪相伺,有刑相举,使构造怨仇,而民相残。"(《韩诗外传》)《盐铁论·周秦》篇也说:"今以子诛父,以弟诛兄,亲戚相坐,什伍相连……自首匿相坐之法立,骨肉之恩废,而刑罪多矣。"发动出许多"业余丞相"来,曹丞相当然就可以日饮醇酒、打牌去了。而且他也只在吕后手下当了三年丞相就去世了。

他们的"不扰民"政策是相对秦代而言的,他们注意让百姓过上吃饱饭的生活,仅这一方面就功德无量了。至于兴办学校、敦教化之类是这些刀笔吏想不到也不愿想的问题,要鼓励思想学术发展之类更是天方夜谭了。公元前191年,萧何死后两年才废除了秦定的"挟书者族"之律。

周勃与陈平联手除诸吕,封首相,但周勃让贤于陈平,陈平

"独为相"。陈平习黄老之术，不是儒。周勃倒是吹鼓手出身，合于儒乃乐师之"原型"，但他是以军功及方正威严慑人，他继陈平为相，不见儒术，亦无"儒效"，还反感读书人的奇谈怪论。继他为相者是在秦时卖丝绸的商贩灌婴……陈平比较刘邦和项羽说：

> 项王为人，恭敬爱人，士之廉节好礼者多归之。至于行功爵邑，重之，士亦以此不附。今大王慢而少礼，士廉节者不来，然大王能饶人以爵邑，士之顽钝嗜利无耻者，亦多归汉。
>
> ——《史记·陈丞相世家》

"顽钝嗜利无耻者"一语说尽了刘邦集团的特色。

汉初名相张苍是个文化人，但不是儒者。他是个著名的天文学家、算学家，而且是汉历的制定者，像萧何之规、叔孙通之礼一样，他制定的律历多沿秦制，在历法上主要是采用了秦传下来的"颛顼历"。萧何定规亦多得张苍之力。继之者申屠嘉会武功，打仗时给刘邦留下了好印象，并因军功而累迁至御史大夫。顺便说一句，汉相多由两个位子递进，一是太尉，周勃、周亚夫父子及田蚡是也；二是御史大夫，张苍、申屠嘉是也，而且尔后罕有立军功者，由御史大夫晋丞相成为正途。这说明了这个政权的性质：杀人最见功勋，最受重用。

丞相，即《周礼》中所说的那个肩负着总理天下大事的天官，他是一个王朝理论、实践及其综合特点的一个较为醒目的标志。汉初八十年的"丞相史"的最大的特点就是与儒家规范不沾边际。他们基本上是秦代"以法为教，以吏为师"的教育果实。他们是揭示"汉承秦制"之必然性的活化石标本，也是汉承秦制的执导者、执行者。

到了汉武帝才破天荒起用了"儒相"公孙弘，激动得司马迁在《史记》中大发感慨：汉兴八十年了，皇帝才开始重视文教（"向文学"），也的确多出了一些儒风。但严刑峻法那一面一点儿也没有少，同样在增多："奸猾巧法，转相比况，禁罔浸密，律、令凡三百五十九章，大辟四百九条，千八百八十二事。"（《汉书·刑法志》）总之，只要君主集权专制这个性质不变，从前门打掉的东西必然会从后门返回来的。

天才政治家贾谊

　　贾谊若有叔孙通、公孙弘那种软功，他也许能位至公卿，从而将他那一套礼治思想贯彻落实，还可能因此而省了董仲舒那一套"春秋大一统"。当然，他要有了那种软功，他也就不是悲剧性的贾谊，而只是公孙弘提前上场了而已。

　　贾谊的"问题"并不出在扬才露己上，苏东坡做这个推测融注了自己的身世之感。如果贾谊不扬才，文帝还不会特别注意他，他也不像班固带着醋意说的"其术固以疏矣"，因为别看贾谊年少，他并不是个纸上谈兵的空谈家，《过秦论》《治安策》都是天才政治家的见识，他那"众建诸侯而少其力"等方略都是高明的。他的"问题"出在他的忧患意识太强了，从而犯了太超前的"错误"。请看他给文帝的上书：

　　　　臣窃惟事势，可为痛哭者一，可为流涕者二，可为长太息者六。若其它背理而伤道者，难遍以疏举。进言者皆曰："天下已安已治矣。"臣独以为未也。曰安且治者，非愚则诔，皆非事实知治乱之体者也。夫抱火厝之积薪之下，而寝其上，火未及燃，因谓之安。方今之势，何以异此？本末舛逆，首尾衡决，国制抢攘，非甚有纪，胡可谓治？

——《汉书·贾谊传》

他针对的正是那个不知礼治秩序为何物，也不在这方面动脑筋的"内阁"班子，那个由武将和"俗吏"构成的机构，他们缺乏远见卓识，终会弄出本末俱失的危亡之局。他跟文帝明确表示"甚为执事者羞之"。

贾谊深知集权政体的脆弱本性，像"一夫作难而七庙隳，身死人手，为天下笑"的事情是随时就有可能发生的。仅《贾谊新书·大政》（上）这半篇文章竟重复了三十多遍"戒之哉"！情切切、意惶惶的程度比全部刘家王爷们加起来的还浓烈吧。然而，

可怜半夜虚前席，
不问苍生问鬼神。

已成了"典故"，并且后世还不断地重复着这样的故事。

贾谊有那么强烈的忧患危机感，除了他天才敏感的心智的原因，更为根本的是他依据自己的理念，看汉家天下这个"大器"还在头足倒置着，所以危如累卵。他认为汉家三十年来并没有完成"逆取顺守"的转变，"曩之为秦者，今转而为汉矣"。而攻守不易术则秦鉴不远。

他不是个僵化的迂儒，在发以古非今的低级牢骚。他精明务实得像法家，司马迁就认为他是个"明申、韩之术"的人物。然而法家那些"政治智慧"在他的思想框架里只是局部的、从属的，是"术"不是"道"，是末不是本。尽管他讲"以刑去刑"的时候具有足够的权威主义的派头："权势法制，此人主之斤斧也……今诸侯王，皆众髋髀（粗大骨头）也，释（放弃）斤斧之用，而欲婴以芒刃，臣以为刃不折则缺耳。"但他坚信"法者禁于已然之后"，是被动的，还会有后遗症，这只能作为礼治的补充手段，不能作为基本国策。他反对用那些不识大体的刀笔吏们驾驭这个国家，然而上自丞相下至府掾几乎无往而非刀笔吏。这是以吏为师之秦王朝的遗产，是汉初吏治的现实，贾谊看着最危险的就是这个，他想建立礼治秩序也正是为了改革这个：

> 以礼义治之者，积礼义；以刑罚治之者，积刑罚。刑罚积而民怨背，礼义积而民和亲……道之以德教者，德教洽而民气乐；驱之以法令者，法令极而民风哀。
>
> ——《汉书·贾谊传》

汤、武"六七百岁而弗失，秦王治天下十余岁则大败"的关键就在于是否摆对了这个本末关系。如果说陆贾劝高祖行德政还是在建议，那贾谊则是在谏议、在批评了。而且贾谊所献的长策，都贯穿着拨乱反正、舍我其谁的气概，这既是"试以臣为属国之官"的吁请，更是要把刀笔吏的政治扭转到礼治仁政的轨道上来的宣言。立经制、定法程，使本末"序得其道"是这位礼治文化代言人的主题词。

他既反对恃力制天下之霸气积习，也反对因循苟且的黄老无为之术，坐养诸侯成尾大不掉之势而不思根治；匈奴如足反居上，天子如首反居下，已成为"戎人"的诸侯尚不思振作；风俗乖乱，如秦之旧，不着手移风易俗的工作以强固国本，这三大项也正是主要危机之所在。贾谊认为除了立即"更化"，建立起以礼治为轴心的"经制""法程"外，别的都是权宜之计。他出台之始，建议"改正朔、易服色、定官名、兴礼乐"，就是为了宣布一个德政礼治的新时代的到来。他被周勃等军界老臣挤下来的根源在于"主义"不同，赏识器重他的汉文帝也认为他的"主义"太超前了。这个"历史任务"便只好拖到汉武帝、董仲舒来完成了。

但贾谊所说的礼治并不是无法落实的教义或宏伟的战略，而是可以直接投入操作的策略。鉴于诸侯"强者先反"的教训，贾谊请文帝早定分封礼制："地制壹（统一）定""众建诸侯而少其力，力少则易使以义，国小则亡邪心。"这是符合三代分封有定制之古礼的，也像在用黄老术中的"因"字诀——顺而消之。王夫之曾嘲笑贾谊"思以制匈奴、削诸侯"的"三表五饵之术，是婴稚之巧……仆妾之智也"，但认为他提出"改正朔"的更化要求是"斯其时矣"（《读通鉴论》）。其实，王夫之也只是觉得汉代该兴教化、移风易俗了而已。

即使用最苛刻的标准来批评儒学，儒学在汉初移风易俗的教化中也功不可没。法家那一套如上节所言是在使民俗刻薄化，黄老那一套担负不起也不想担负"隆教化、美风俗"的任务。孔学区别于其他学派的一个重要标志就在于重视这个问题。贾谊这方面的呼吁，只是开了个头，尔后公孙弘、董仲舒，以及一些在思想史上没有留下名字的循吏都为此而做出了努力。

贾谊最感人的思想特征，是他有着追比孔孟的民本精神。他向"执事者"大讲"畏民"，而他心底流淌着"爱民"的温情：

> 夫灾与福也，非粹在天也，必在士民也。呜呼！戒之戒之！夫士民之志，不可不要也。呜呼！戒之戒之！
>
> 夫民者，万世之本也，不可欺。
>
> 自古至于今，与民为仇者，有迟有速，而民必胜之。
>
> ——《贾谊新书·大政》上

因为他把民本强调到了以民为天、民心即天意的高度，所以他拟定的礼治"法程"包含着明确的双向制动的关系，不单是一个简易的上正下敬的要求了。"闻之于政也，民无不为命""民无不为功""民无不为力"，而且"民之不善也，吏之罪也；吏之不善也，君之过也"。贾谊还明确提出"吏以爱民为忠"（《贾谊新书·大政》上），这是很犯忌讳的，后来循吏因爱民而坐罪的事情不是没有，如郭延寿就因太爱民了而被杀头。

贾谊以文化方面的超伦才识被破格起用，这是汉家天下需要"文化"来深化管理的一个表征，但他要推行礼治秩序，却得依靠"有黄老之心"的文帝去改变刀笔吏与军界人士合成的行政系统，能落得不了了之，算他幸运了。

汉武帝独尊儒术

贾谊在后世的影响相当深远，几成为一种"精神现象"，唐之名相陆贽、宋之名相王安石、明之名傅方孝孺都是"贾谊精神"的学习者、实践者。清代之经世致用派人士窃以贾谊为师而自况之者伙矣，龚自珍的政论文风就有明显地摹习贾谊策论的倾向。纯粹的文人做着贾谊梦的就如过江之鲫了。总之，后世儒生议政无不以贾谊为典范。

就是在当时，他"虽不至公卿，未为不遇"，因为"孝文玄默躬行以移风俗，谊之所陈略施行矣"（班固语）。汉家由"质"向"文"，是一个自然过程：刘邦集团终被自然法则淘汰，以吏为师教育出来的人才也终于断代了，从社会上网罗贤良直谏、方正文学之士是势在必行之事。由此可以看出，支撑这个社会文化事业的还是社会上的私学，所以那些应征的士子中学习什么的都有，儒、黄老、申、韩、苏、张不一而足，并不统一。在这样的"历史瞬间"，儒术能"杀出重围"获得"独尊"地位，真需要特殊的机遇，儒学自身之"传统的力量"也相当重要：

自孔子卒后，七十子之徒散游诸侯，大者为师傅卿相，小者友教士大夫……如田子方、段干木、吴起、禽滑釐之属，皆受业于子夏之伦，为王者师。是时独魏文侯好学，后陵迟以至于始皇。天下并争于战国，儒术既绌焉。然齐鲁之门，学者独不废也。于威、宣之际，孟子、荀卿之列，咸遵夫子之业而润色之，以学显于当世。

及至秦之季世，焚《诗》《书》，坑术士，六艺从此缺焉。陈涉之王也，而鲁诸儒持孔氏之礼器往归陈王。于是孔甲为陈涉博士，卒与涉俱死。陈涉起匹夫，驱瓦合適戍，旬月以王楚，不满半岁竟灭亡，其事至微浅。然而缙绅先生之徒负孔子礼器往委质为臣者，何也？以秦焚其业，积怨而发愤于陈王也。

及高皇帝诛项籍，举兵围鲁，鲁中诸儒尚讲诵习礼乐，弦歌之音不绝……

——《史记·儒林列传》

胡适说儒本殷遗民中传教的那一支，确否勿论，但这种于刀光剑影之中犹不废我弦歌的气象，给"人文"二字做了不可动摇的注脚，这是正宗儒学的脊梁。他们以师生链为组织形式、以整理经书为理论形式、以讲学为传播方式，使儒学经历了秦火汉刀而承传不绝。若背离了此真脉，则难免入国贼禄鬼一流矣，这是后话。且说他们薪尽火传至汉武帝时，终于又切回了"为王者师"的轨道：

及今上即位，赵绾、王臧之属明儒学，而上亦乡之，于是招方正贤良文学之士。自是之后，言《诗》于鲁则申培公，于齐则辕固生，于燕则韩太傅（婴）。言《尚书》自济南伏生。言《礼》自鲁高堂生。言《易》自菑川田生。言《春秋》于齐鲁自胡毋生，于赵自董仲舒。及窦太后崩，武安侯田蚡为丞相，绌黄老刑名百家之言，延文学儒者数百人，而公孙弘以《春秋》白衣为天子三公，封以平津侯。天下之学士靡然乡风矣。

——《史记·儒林列传》

赵绾、王臧即《诗》学大师申培公的学生，王臧恰恰当了太子刘彻的少傅，"师生链"的形式落实到皇帝这一环，便威力无边了。"学为君师"的理想正等着这一天。恰逢权倾朝野的窦婴、田蚡均好儒术，他们"推毂赵绾为御史大夫，王臧为郎中令，迎鲁申公，欲设明堂，令列侯就国，除关，以礼为服制，以兴太平。……而婴、蚡、赵绾等务隆推儒术，贬道家言。"（《汉书·窦田灌韩传》）但是因惹恼了喜好黄老之术的太皇太后窦氏，这次"隆推儒术"的运动受到打击，婴、蚡免职，绾、臧下狱自杀，"废明堂事"。幸好窦氏很快谢世，田蚡复出为相，以士林领袖自居，他推荐学士走向仕途。更关键的是汉武帝在元光元年（公元前134年）举贤良、文学时，收获了大儒董仲舒，于是遂有了"独尊儒术"这个词语。尽管这只是个词语，并不是事实，还是经了这万唤千呼始出来，而且这个儒术已非正宗孔学，而是经历"与时变化"之后的经术了。

这里先补充说明两件事。第一，所谓的"罢黜百家"，田蚡等人已切实做过，即《史记·儒林列传》及《汉书》田蚡传所提到的"绌黄老刑名百家之言"。在窦婴之前为相的卫绾在建元元年（公元前140年）奏"所举贤良，或治申、商、韩非、苏秦、张仪之言，乱国政，请皆罢"（《汉书·武帝纪》）。可见"铲除"黄老刑名已成一种声势、事实，董仲舒奏请"罢黜百家"是"归纳"加"号召"。第二，"独尊儒术"的主要证据，人们习惯上总举汉武帝建元五年（公元前136年）置五经博士一事。其实秦始皇时即置博士七十余人，如叔孙通；文景二朝也均有博士，当然是一经博士（还有传记博士），董仲舒即汉景帝时的博士。这还涉及一个董仲舒到底是哪一年应诏作"天人三策"的问题。《汉书·武帝纪》说是建元元年（公元前140年），但这一年窦太皇太后还没死，并且次年即处理了婴、蚡、绾、臧，送申公回了老家。若这一年董仲舒等应诏成功，也会被窦氏遣散，当有记载，而且汉武帝册问的口气不是"儿皇帝"架势，而是一副亲政后的舒展模样。还有董氏对策中有"七十余年"之语，并且董氏得到了擢用。所以，董氏应诏作"天人三策"是在窦氏死后的次年——元光元年。因为置博士是祖宗老例，在窦氏死前一年添置五经博士不算稀奇，而且仅是文化活动，算不上政治化的独尊儒术，不会引起窦氏的注意。

董仲舒的《举贤良对策》

雄心万丈的汉武帝亲政伊始即广延人才，史称"汉之得人，于兹为盛"：

> 儒雅则公孙弘、董仲舒、倪宽，笃行则石建、石庆，质直则汲黯、卜式，推贤则韩安国、郑当时，定令则赵禹、张汤，文章则司马迁、相如，滑稽则东方朔、枚皋，应对则严助、朱买臣，历数则唐都、洛下闳，协律则李延年，运筹则桑弘羊，奉使则张骞、苏武，将率则卫青、霍去病，受遗则霍光、金日䃅，其余不可胜纪。是以兴造功业，制度遗文，后世莫及。
>
> ——《汉书·公孙弘传》

这一段确实让我们看到了群星灿烂的盛况，"儒但九流一"而已，所谓的"独尊儒术"绝不能做泛化的理解，此其一。其二，这些人才出身微贱，多被破格擢用者，然而得了好下场的不多。不但这些人，就丞相一系，公孙弘八十岁终居相位，但只当三年，其后李蔡、严青翟、赵用、石庆、公孙贺继踵为相，"唯（石）庆以惇谨，复终相位，其余尽伏诛云"（《汉书·公孙弘传》）。汉武帝杀人时也依然具有好大喜功的特征。他最器重的不是儒者而是酷吏，所以司马迁作《史记·酷吏列传》仅收汉武帝一朝，以彰其空前的成就。儒家是和平主义者，最反对杀人。杂取了法家思想的儒，也是讲最低限度的杀人。皇帝嗜杀也不奇怪，如秦始皇、朱元璋，但他们都以"朕即法家"的姿态来杀人。唯汉武帝全面发展，既独尊儒术，又频兴大狱，并能做到相辅相成而不自相矛盾。因为关于儒术，他有自己的标准，当然尔后也便成了钦定的标准。

有一则小故事可以以小见大：

（赵）绾、（王）臧请立明堂以朝诸侯，不能就其事，乃言师申公。于是上使使束帛加璧，安车以蒲裹轮，驾驷迎申公，弟子二人乘轺传从。至，见上，上问治乱之事。申公时已八十余，老，对曰："为治者不在多言，顾力行何如耳。"是时，上方好文辞，见申公对，默然。

——《汉书·儒林传》

申公的回答是正宗儒学的传统观点，然而此时汉武帝正"好文辞"——夸饰的大赋，申公的回答不能让他称心如意，硕儒也失去魅力。已是重臣的赵绾、王臧因窦氏"让上"——一般性地责备了汉武帝，就被汉武帝关入监狱，自杀身死，"申公亦疾免以归"（《汉书·儒林传》）。窦氏固然是首恶，但汉武帝也太反复无常、毫无定力了，在尊儒与杀儒之间似乎没有界限、距离。董仲舒的《举贤良对策》称了朕意，他因此被擢用为江都相，但不久即因一篇言灾异示警的文章险些送了性命。而"天人感应"问题是汉武帝第一次"册问"的首要问题，也是董仲舒首先回答的问题，是获得过"天子览其对而异焉"（《汉书·董仲舒传》）的好评的。所以，完全可以说，汉武帝所好的儒术，只是能使他称心如意的儒术，他对儒术的态度其实是一种暴力的态度。

这一点，他在"册问"董仲舒等百余名贤良文士时说过：

> 今子大夫待诏百有余人，或道世务而未济，稽诸上古之不同，考之于今而难行，毋乃牵于文系而不得骋与？将所由异术，所闻殊方与？……切磋究之，以称朕意。
>
> ——《汉书·董仲舒传》

"道世务而未济"可能是"学院派"的高论，这当然不行，"圣上"是来问治国之术、来选拔官员的，不是来听故事、主持学术辩论的。与古不同、于今难行的更不着边际，让"圣上"尤为烦躁的是存在着"异术""殊方"的状况。所以，这次盛大的召对以董仲舒下面的一段话而"一锤定音"：

> 《春秋》大一统者，天地之常经，古今之通谊也。今师异道，人异论，百家殊方，指意不同，是以上亡以持一

统；法制数变，下不知所守。臣愚以为诸不在六艺之科孔子之术者，皆绝其道，勿使并进。邪辟之说灭息，然后统纪可一而法度可明，民知所从矣。

——《汉书·董仲舒传》

这太"称朕意"了。这正是汉武帝心中想而语中无的那个意思，如果能实现思想上的"一统"，他就可以在宝塔尖上以一统万、"风流而令行"了。

"大一统"的政治必然要求"大一统"的思想，这才阴阳和合、成龙配套。秦始皇用的是独尊法术，"去《诗》《书》百家之语"，以"法教""辨黑白而定一尊"（《史记·李斯列传》）。现在董仲舒像当年李斯一样，也为圣上找出了个"一统"，只是用儒代法而已。模式依旧，这表明它们肩负着相近似的政治任务，所以必须是"《春秋》大一统"，不是也不可能是"《诗》《书》大一统""《礼》《乐》大一统"，因为它们缺乏足够的政治强度。当然，《诗》《书》《礼》《乐》可以以"《春秋》大一统"为轴心去发挥其教化作用，可以"美政""美风俗"，规范人们的文化生活、社会心理及日常行为。只有《春秋》，还必须是政治思想性最强的《春秋公羊传》，才能转换成与现行政治紧密配合的官方意识形态。

《春秋》大一统

　　董仲舒的《举贤良对策》一鸣惊人，为汉代皇皇大文。董氏这"台上三分钟"是以"三年不窥园"(《汉书·董仲舒传》)的台下苦功为基础的，《春秋繁露》便是他台下演练的记录和武库。《天人三策》运用的全是《公羊传》义法，仅第一篇《举贤良对策》就用了三个"臣谨案《春秋》"如何如何。自董仲舒以降，公羊学派的人都这么认为：

　　　　孔子之道何在？在"六经"。"六经"粲然深美，浩然繁博，将何统乎？统一于《春秋》。……《春秋三传》何从乎？从公羊氏。有据乎？据于孟子。

　　　　孟子发《春秋》之学曰：其事则齐桓、晋文，其文则史，其义则丘取之矣。《左传》详文与事，是史也，于孔子之道无与焉。惟《公羊》独详《春秋》之义。

　　　　　　　　　　　　　　　　——《春秋董氏学·自序》

董氏因公羊学而成功，公羊学也依托董氏而大显于世。据公羊学"家谱"说，这门圣学是听孔子亲口说，并一直秘密地口耳相传的。因为它有许多"非常可怪之论"，所以要遭受政治迫害的。其中最关键的一条是"新王改制"，即孔子受天命当为新王，他作的《春秋》寄托他的"一王之法"。《公羊传》说："君子曷为《春秋》？拨乱世，反诸正，莫近诸《春秋》。"董仲舒正是运用这一原则劝汉武帝"更化"：

> 故汉得天下以来，常欲善治而至今不可善治者，失之于当更化而不更化也。古人有言曰："临渊羡鱼，不如退而结网。"今临政而愿治七十余岁矣，不如退而更化；更化则可善治，善治则灾害日去，福禄日来。
>
> ——《汉书·董仲舒传》

这正能"打中"雄心万丈、好大喜功的汉武帝。"更化"的基本内容是什么呢？就是用德教化治天下，改变"独任执法之吏治民"的现状。这是老调重弹，光总结秦速亡的历史经验还是吓唬不住皇帝，必须给仁政德教找出形而上的基础，找出超越人间的权威，这当然只有"天"，而且"敬天"的传统也由来已久，具有足够的不证自明的公理性质。公羊学便把它奉为"《春秋》大一统"的形而上的本体。《春秋》第一句话是"元年春王正月"，这本是一句点明时间的话，而且这个按十二公编排下来的编年史，每一"公"开头都是这句话。但《公羊传》说："何言乎王正月？大一统也。"董氏接着解释:"《春秋》何贵乎元而言之？元者，始也，言本正也；道，王道也；王者，人之始也。王正，则元气和顺，风雨时，景星见，黄龙下；王不正，则上变天，贼气并见。"(《春秋繁露·王道》)这就可以略窥著名的"天人感应"的原理了。但对"王正月"的正面又直接的解释在《春秋繁露·三代改制质文》篇中：

> 何以谓之王正月？曰：王者必受命而后王。王者必改正朔，易服色，制礼乐，一统于天下。所以明易姓非继人，通以己受之于天也。王者受命而王，制此月以应变，故作科以奉天地，故谓之王正月也。

董仲舒背着最大的一个骂名就是宣扬"君权神授"，但他的准确的意思是：来改制的新王之君权是受命于天的，是神授的，不是从前朝继承来的，与"汤武革命受命于天"是一个意思。但景帝时辕固生讲"汤武革命受命于天"触了霉头，皇帝表态以后不要讨论这个问题了。董仲舒谈这个问题正是儒家风骨，改制问题也正是公羊学的革命性之所在，这在康有为那里看得更清楚。不行正道的皇帝还借用这个理论为自己政权的合法性辩护，也不奇怪，强权可以扭来任何道理为自己服务。董仲舒讲"奉天承运"本是要赋予新王改制一种合法性、权威性，却被后世各位皇帝通用了，成了下圣旨的发语词。董氏给皇帝看的《举贤良对策》是答卷，而皇帝只是业余爱好的水平，所以写得这般明白晓畅：

臣谨案《春秋》之文，求王道之端，得之于正。正次王，王次春。春者，天之所为也；正者，王之所为也。其意曰，上承天之所为，而下以正其所为，正王道之端云尔。然则王者欲有所为，宜求其端于天。天道之大者在阴阳。阳为德，阴为刑；刑主杀而德主生。

——《汉书·董仲舒传》

结论当然是必须以阳德为阴刑之纲，才顺乎天道。这是毋庸置辩的天理，也是《春秋》大义之所在。

董仲舒努力让皇帝接受的"《春秋》大一统"，正是这样一个以仁政德教为思想的意识形态。所谓的"《春秋》大一统"应该分两层来理解，一是指《春秋》学体系本身，二是用《春秋》学来定制度、定说法的一元化的标准。

董氏本人用《春秋》义法把天人、君臣、伦理、法律等问题都讲通了，证明这个学说本身成一统体系毫无问题，所以他对用"《春秋》大一统"来统一天下的思想也充满信心。至于皇帝、皇权怎么利用它就是另外一回事了，当然这个体系包含了被利用的可能性，它就是为了让皇帝来利用的。

公羊家法

　　靠公羊学起家的康有为专门编了《春秋董氏学》来教学生，他认为"因董子以通《公羊》，因《公羊》以通《春秋》"，这是唯一正确的通道。因为"《春秋》体微难知"，不懂其体例，就像不通括号、借根、代数之例来算题一样，而"董子之于《春秋》例，亦如欧几里得之于几何也"（《春秋董氏学·春秋例第二》）。

　　用新名词说，公羊学是一种"研究纲领"，而且努力据"旧典"去推"新知"，硬是把一部历史年表状的史书解读成一门拨乱反正、治国平天下的宪法学。公羊学有个宗旨：不但要解释世界，更要改造世界。因为孔学也是外王之学，是应该直接见诸行事的政治学、制度论。按公羊学的说法，《春秋》之作，在义不在事，一"笔"一"削"之中寄托着"大义"。公羊学家们用他们独特的"读法"，还真从那"断烂朝报"式的语句中挖掘出一片自成体系的微言大义。

　　公羊家法的大端有"三科九旨"之说。"科"是纲领，"旨"是其中的细目，一科领三旨。

　　第一科"通三统"，所领三旨："新周、故宋、以《春秋》当新王"。宋就是殷（宋人多殷人后裔，孔子即是），"新"与"亲"音近而混通，更多的时候写作"亲"，表示紧挨着，相当于"昨天"，"故"是"前天"，《春秋》则是"今天"应当建立的新王。古时每改朝换代，都必须"改正朔、易服色、殊徽号"，"改正朔"是重新指定新朝岁首所在的月份。每一朝崇尚的颜色不同，赤、白、黑三色轮换。新王重新选定颜色，变换名号，这一套便叫"统"。所谓的三统则是"前天、昨天、今天"三套制度，"通三统"承认运动、变化的历史。如汤受命而王，"时正白统，亲夏故虞"；"文王受命而王，应天变殷作周号，时正赤统，亲殷故夏"；"《春秋》应天作新王之事（孔子受命于鲁），时正黑统，王鲁，尚黑，绌夏，亲周，故宋"（《春秋繁露·三代改制质文》）。孔子受命于天的证据就是《春秋》哀公十四年春"西狩获麟"的那个"麟"，那是符瑞，可惜死了，所以孔子也只是"素王"，这个素王用写《春秋》立法典的形式为这个世界定制度、定新秩序。（《春秋繁露·符瑞》）董仲舒认为历史演进的特点是文质更替，"再而复"，他所在的汉代就该"亲《春秋》，求周文之弊、废秦之暴"来"更化"。"通三统"的观念为后代言变法、改革者提供了思想武器。

第二科"张三世"。所谓的三世是孔子所见、所闻、所传闻的三个世代，即把《春秋》所记的鲁国十二公倒着推上去：哀、定、昭公是所见世，襄、成、宣、文公是所闻世，再往上的便远了，是孔子所传闻的世代：僖、闵、庄、桓、隐公的时代。年更月换，越远越记不准，这本是正常、自然的事情，但公羊学从中总结出"三旨"，《春秋》隐公元年冬十二月书："公子益师卒。"《公羊传》便问："何以不日？"（为何不写具体日子呢？）"远也。所见异辞，所闻异辞，所传闻异辞。"《公羊传》总结的这个"三旨"还是朴素的,是可以理解的,三个世代"书法"不一样是正常的,尤其在详略上有些不同是自然的。但到了董仲舒把"异辞"解释为体现了伦理倾向的"判语":"所见六十一年,所闻八十五年,所传闻九十六年。于所见微其辞,于所闻痛其祸,于传闻杀其恩"(《春秋繁露·楚庄王》),稍晚些,何休则将这三世解释为三种水平的社会状况,再后来,康有为在《春秋董氏学·春秋例第二·三世》中说得更醒目:

> 三世为孔子非常大义,托之《春秋》以明之。所传闻
> 世为据乱,所闻世托升平,所见世托太平。乱世者,文教
> 未明也;升平者,渐有文教,小康也;太平者,大同之世,
> 远近大小如一,文教全备也。

不过,这个"三世说"倒成了清代经世致用派的法宝,成了他们批评现实、规划改革方案的理论框架,这倒是歪打正着。

第三科是"异内外",其三旨是:"内其国而外诸夏,内诸夏而外夷狄"。它讲的是区别内外,虽然"大一统",但也有一个由近及远的次第,近的就是内,远的就是外,但因为是"大一统",所以这个内外只是相对的。汉代是民族融合时期,所以侧重相对化的理解。可赵宋一代人则专讲"尊王攘夷大一统",严内外之别。到康有为主张向西方学习,所以又侧重相对一面的解释。

公羊家法本身是苛细的、穿凿的,它主张的道理却突出一个"变"字,但"变"基本上限于历史范围,于伦理范围则是于变中求不变。

微言中求大义

清代公羊学大师刘逢禄专门总结公羊家法，作"例释"，一例一篇，从"张三世例第一"到"灾异例第三十"，基本上将公羊学的方法都总结出来了：褒例、讥例、贬例、诛绝例、律意轻重例、不书例、讳例等。尽管家法规矩不少，但一个总的特点还是微言中求大义。刘逢禄主要是跟何休走的，这里把他拈出来，只是请读者注意公羊家法例类之多而已。

董仲舒则说得散，也说得玄。《春秋繁露·玉杯》篇有一段话算较集中地做提示：

> 论《春秋》者，合而通之，缘而求之，五（伍，动词）其比（类似），偶其类，览其绪，屠其赘，是以人道浃而王法立。

什么意思呢？最简单地说，一找例外，二作引申。找例外的学名叫"例外通类法"。《春秋》中，"事同而辞同"的就叫"例"，"事同而辞异"则是"变例"——例外。将许多例外排比归纳（"五其比，偶其类"），就能看出大义来了。这当然已包含了引申，但是从"多"做归纳，还有从一到多："得一端而博达之"（《春秋繁露·楚庄王》），"得一端而多连之，见一空而博贯之，则天下尽矣"（《春秋繁露·精华》）。这就是由此及彼的引申法了。

举个例子就能使这些绕口令简单明了，如《春秋》文公二年冬书："公子遂如齐纳币。"若不通"家法"就看不出什么讥贬。《公羊传》说："纳币不书，此何以书？讥。何讥尔？讥丧娶也……三年之内不图婚。"不该"书"的特意写了一笔，这叫"变文以示意"。但家法只是让你发现问题，说清楚这些问题尚需足够的背景知识。所谓的"丧娶"，指的是父亲去世的时间虽过了三年之丧（二十五个月），但据婚礼的习俗，在娶妇之前有纳采、问名、纳吉、纳币等一系列活动，在服丧期间做这些事情就跟结了婚一样（这涉及春秋笔法的另一原则：论事重乎志），所以要特意"笔"一下以示讥贬。

该书的不书，也属于"变文以示意"，即"不书例"。如国君被弑，大臣们讨伐了反贼，则写上诛某贼，这就表彰了讨贼的，并将贼子被诛的事件写入了史册，使"乱臣贼子惧"。如果大臣们没有去讨贼，则不写这个国君被安葬了，不写"葬"字以暴露其臣不忠，如同父死子不葬一样。"《春秋》之义，臣不讨贼，非臣也；子不复仇，非子也"（《春秋繁露·王道》）。如果也不记载这个反贼怎么样了：不让他再出现，就是宣布这种贼人应该灭绝（《春秋繁露·玉杯》）。

还有一种用得比较多的解释法，叫"即辞见意"。如董仲舒说：

"《春秋》不言伐梁者，而言梁亡，盖爱独及其身者也。"这句话是说，梁国不是被别人打垮的，而是自取消亡的，因为国君只爱自己一人，只书"梁亡"二字便蕴含了评价，便能见出大道：不仁政爱民，必然会"莫之亡而自亡也"（《春秋繁露·仁义法》）。

以上为可以言者，物之粗也。公羊学讲《春秋》最有魅力的地方是讲那些"通权达变""反经而善"的道理。董仲舒多次讲"《春秋》无达辞"（《春秋繁露·精华》），就像《诗》无达诂一样，这就要做机智的理解了。孔子说过："可与共学，未可与适道；可与适道，未可与立；可与立，未可与权。"（《论语·子罕》）能"权"与否是最见水平的，"权"是秤砣，随所被称的东西而移动才对。孟子说"言不必行，行不必果，惟义之所在"就是强调这个意思。《公羊传》说："权者何？权者反于经，然后有善者也。"（桓公十一年）董仲舒在《春秋繁露·玉英》一篇讲了四个反经而善的"春秋故事"，最有名的一个是祭仲迫于外部压力先逐郑昭公，后又终于迎还郑昭公，他这种担着骂名的变通做法却既保住了郑国又恢复了昭公的君位，如祭仲不知权变则亡国覆君矣。从"读法"上说，这叫"别嫌疑"，是董氏归纳的"春秋十指"之一。这种方法能增长政治智慧，也是儒术的真功夫。

董仲舒很重视事情的具体复杂性，提出这样的原则："不义之中有义，义之中有不义，辞不能及，皆在于指。"（《春秋繁露·竹林》）他就是根据"辞不能及，皆在于指"的原理，从一部不到两万字的《春秋》总结出一个兼具世界观与方法论的"十指"：

举事变，见有重焉，则百姓安矣（一）；见事变之所至者，则得失审矣（二）；因其所以至而治之，则事之本正矣（三）；强干弱枝，大本小末，则君臣之分明矣（四）；别嫌疑，异同类，则是非著矣（五）；论贤才之义，别所长之能，则百官序矣（六）；承周文而反之质，则化所务立矣（七）；亲近来远，同民所欲，则仁恩达矣（八）；木生火，火为夏，则阴阳四时之理相受而次矣（九）；切刺讥之所罚，考变异之所加，则天所欲为行矣（十）。统此而举之，仁往而义来……万物靡不得其理矣。说《春秋》凡用是矣，此其法也。

——《春秋繁露·十指》

这是董氏对《春秋》义法的全面而成熟的总结，其不但概括了"笔法"与"大义"的关系，而且已经从《春秋》引向政治操作了。儒学再也不是"博而寡要、劳而无功"的了，它已成了"精明强干"的儒术。

道德律令——仁义法

一部《春秋繁露》就这样出经入史，由史反经，"先验小物，推而大之，至于无限"，几乎包括了所有的心性哲学与政治哲学的问题。大而言之，奉天法古，新王改制、三纲五常、调均防乱；小而言之，贵德重人、婚丧嫁娶、行善得名，得志宜慎。董仲舒视《春秋》为"仁义法"，经"左右参错缘合比求"可以找出正人正己的伦理规范及其依据：

> 《春秋》之所治，人与我也。所以治人与我者，仁与义也。以仁安人，以义正我……众人不察，乃反以仁自裕，而以义设人，诡其处而逆其理，鲜不乱矣。是故人莫欲乱，而大抵常乱，凡以闇于人我之分，而不省仁义之所在也。是故《春秋》为仁义法，仁之法在爱人，不在爱我；义之法在正我，不在正人。
>
> ——《春秋繁露·仁义法》

所谓的"《春秋》决狱"则是"《春秋》仁义法"的一种极端体现。《汉书·艺文志》著录有《公羊董仲舒治狱》十六篇，但亡佚，难知其详。董仲舒的学生吕步舒用《春秋》决狱法治淮南王谋反案，便宜行事，不奏闻于上，名曰：一切缘依古义。也没有人说他做错了。可惜没有留下"卷宗"，也不知其详。就《春秋繁露》中断断续续、闪闪烁烁的议论而言，我们只能说，董氏的《春秋》决狱法主要探讨的是"义"而不是"律"，是法理，而非法令（但又是案例判案法），但并不因此而毫无意义。董仲舒也因此而把儒学彻底地渗透到国家机器中去了——当然只能是以观念的形式去渗透。

其实，所谓的《春秋》决狱，是在语词世界中建立起一模拟的综合法庭，"道往而明来"，从许多事件中总结出道义原则来。对圣君贤相褒之以劝善，使人们从中领会常经、变礼的大道大义，这叫"教，政之本也"（《春秋繁露·精华》）。对那些乱臣贼子则或诛或赦，"善无细而不举，恶无细而不去，进善诛恶，绝诸本而已矣"（《春秋繁露·王道》）。论罪量刑的原则董仲舒说得相当清楚：

　　《春秋》之听狱也，必本其事而原其志。志邪者，不待成；首恶者，罪特重；本直者，其论轻。

　　　　　　　　　　　　　　　——《春秋繁露·精华》

"原其志"就是推测他的动机，而且"《春秋》贵其志"，特别重视意图，这也就是著名的"原心定罪法"。文公在服丧期间有结婚的意图就"特笔"以示"讥"。这形成一条原则：有了邪志就可以定罪，"不待成"，如《春秋》昭公元年书："叔孙豹会晋赵武……陈公子招……于虢。"这里省略号代替了那一些名字，因为盟会总有一批人。单说这个"陈公子招"，他是陈侯之弟，但为什么不写"弟"呢？《公羊传》认为这就是"贬"，为什么贬他？因为他曾说要弑君，尽管只是说说，但反意与真杀了一样，因为"君亲无将，将而必诛焉"。古代注家把"将"解释为"逆乱"或"将有其意"，就是说：有逆乱意图"不待成"就必须诛杀之。这个法则在汉代很流行，仿佛《春秋》决狱法就只有这一条了，《史记·公孙弘列传》中有这句话，《盐铁论》也有类似的一句："《春秋》之治狱，论心定罪，志善而违于法者免，志恶而合于法者诛。"这说明动机大于事实。《史记·淮南衡山列传》中四十三人议定刘安的罪时，就有人说："《春秋》曰'臣无将，将而诛'。（刘）安罪重于将，谋反形已定。"其实刘安只是可能有这种意图，但说他"重于将"，便可以杀无赦。后人指责《春秋》决狱及儒术缘饰吏治，都集中在"原心定罪"这一点上，这种做法的确比"腹非"之"诛心法"强不了多少。这种"贵志""原心"的法则的确方便了许多欲加之罪的成立，如岳飞之"莫须有"；戚继光只因为有造反的能力，便被奸臣陷害；还有许多"文字狱"就是这样拐弯抹角地推敲出来的，还启发了执柄者对人们"灵魂深处"的"分外关心"。

这很难说就是董氏的本意。他的确在《春秋繁露·王道》篇中重复过《公羊传》"君亲无将，将而诛"这句话，还有"大夫不得废置君命"等，但他致力探求的法理是仁义法，听狱是次要的，"狱，政之末也"。而且折狱也只是为了明理行教：

故折狱而是也，理益明，教益行；折狱而非也，闇理
迷众，与教相妨。

——《春秋繁露·精华》

要说董氏之仁义法中最"反动"的内容则是那君尊臣卑的体
系，"立义定尊卑之序，而后君臣之职明矣。"（《春秋繁露·正贯》）
什么"春秋之法，大夫无遂事"（不能擅权）等，触目皆是，这一点
因著名的"三纲"之说已成常识矣。简明而完整地显示着仁义法之
秩序的是《春秋繁露·玉杯》篇中这几句：

《春秋》之法：以人随君，以君随天。……故屈民而
伸君，屈君而伸天，《春秋》之大义也。

隆重君权与用天限制君权同样明确。他在《举贤良对策》中
开宗明义："天人相与之际，甚可畏也。"必须"勉强学问""勉强行
道"，没有现成的天人合一。当然，《春秋繁露》中《人副天数》《同
类相动》《五行相胜》等阴阳学色彩浓郁的篇章，都在证明着"天人
同类"。可以合，人能弘道，天辨人在，人既不能放弃自己的责任，
更不能无法无天。

天人之际的地带是个"名号"的世界（名号"九通于天地矣"）。
是非的标准取决于它是逆是顺，逆顺的标准取决于名和号，名和号
的标准取决于天地，"天地为名号之大义也"。比如说：

故号为天子者，宜视天如父，事天以孝道也；号为诸侯者，宜谨视所候奉之天子也；号为大夫者，宜厚其忠信，敦其礼义，使善大于匹夫之义，足以化也；士者，事也；民者，瞑也；士不及化，可使守事从上而已。

——《春秋繁露·深察名号》

这是孔子正名说、礼之科层观念的汉代版。"视天如父"（董氏常说天子是天的儿子，也说过是天的外甥）也合敬天祭礼的基本义。但董氏深察"君"号的含意，便有新气象了，为便于阅读，用现代汉语做转述如下：

君这个号包含五条：元、原、权、温、群。这五条都全了才是完整意义的君，也就是说，君是承天意的元首，是根本，必须会权变，要温和，能合群。所以君主做事必须符合天道，才能抓住根本。抓不住根本，就不会成功。而不成功也说明它不符合"道"。不合道等于自暴自弃，则难以行教化。教化上不去就用权术作补救，这便会偏离中道，于是便道不平、德不温、众不亲要、离散不群，则不全于君。

这够让"朕即天下"的君主们难受的。所以，没有哪一个皇帝把它当标准，他们更不愿意勉强学问、修善行道以"达标"，从而名实相符。

　　但董子坚定不移地相信：必须"事各顺于名，名各顺于天"，才能达到"天人之际，合而为一"的境地(《春秋繁露·深察名号》)。从孔子到董仲舒的这份坚持，让我们看到儒家靠名分来管理天下的自信心。当然，用写《春秋》、解《春秋》这种思想形式解决不了直接的实践问题，这些大师们只能在意念中体会立法者的快乐了，尤其是沟通了与"天"这个绝对价值制定者的联系，便有了位于头上的灿烂星空和位于胸中的道德律令——仁义法。

谀儒的儒术

董仲舒用天以灾异示警这一套"天人感应"的说法吓唬皇帝：王者对大臣不礼貌，应之以暴风；王者言不从，应之以霹雳；王者视不明，应之以电；王者听不聪，应之以暴雨；王者心不能容，应之以雷。因为王者为民，民情与天息息相关(《春秋繁露·五行五事》)。皇帝用杀头吓唬他，使他终身不敢言灾异，只会像巫师一样去求雨了。汉武帝派张汤跟他请教郊祀礼问题，他上表谢恩、受宠若惊。他的理论有屈道从君的因素，但他本人是个廉隅方正、"行止皆中礼"的纯儒。在文法吏嚣然、帝王唯实利是尚的时代，他大声疾呼：

> 仁人者，正其道不谋其利，修其理不急其功。
> ——《春秋繁露·对胶西王越大夫不得为仁》

这种原教旨的儒学口号，圣上充耳不闻理固宜然，从来如此，就是那些儒生们信以为真的也寥寥无几了。雨后春笋般生长起来的是一批"谀儒"。叔孙通招引于前，公孙弘推动于后，更主要的原因是制度划一，"大一统"后都得跟皇帝讨口饭吃。削减了淮南王刘安的势力后，诸侯养士之风便基本上可以忽略不计了。有人劝如日中天的大将军卫青养士，卫青深知皇上心意，绝不敢养。等到汉武帝用儒生，敢"托大"的只有辕固生这样的老儒。所以，众谀儒（新一代儒）生怕他再像当年惹恼窦太皇太后一样，给儒生群体带来坏运气。

> 今上初即位，复以贤良征固。诸谀儒多疾毁固，曰"固老"，罢归之。时固已九十余矣。固之征也，薛人公孙弘亦征，侧目而视固。固曰："公孙子，务正学以言，无曲学以阿世！"
>
> ——《史记·儒林列传》

公孙弘当是诸谀儒的首脑，他也终因"曲学阿世"而成为汉代第一个儒生出身的丞相，打破了汉初无儒相的纪录。但他当过薛地狱吏，四十余岁才学习"《春秋》杂说"，而且他曲学阿世当上御史大夫、丞相后，也还只是文吏、秘书而已，并不是真正的坚持道尊于君的儒。《史记·儒林列传》有一段专门比较公孙弘与董仲舒的文字：

> 董仲舒为人廉直。是时方外攘四夷，公孙弘治《春秋》不如董仲舒，而弘希世用事，位至公卿。董仲舒以弘为从谀。弘疾之，乃言上曰："独董仲舒可使相胶西王。"

结果，"董仲舒恐久获罪，疾免居家。至卒，终不治产业，以修学著书为事。"由此可证，董子绝无曲学阿世、干禄求荣的用意，他的学说被皇帝、酷吏、小人儒歪曲利用是一方面，另一方面就是思想范式本身的规约性——"《春秋》大一统"的理路使他成为儒学独断论的罪魁祸首。

而真正败坏了儒风的是公孙弘。尽管我们现在还不敢说在公孙弘之前没有他这样的巧宦，但我们敢说，汉家天下独尊儒术，而第一个儒术的样板是公孙弘：

> 公孙弘以《春秋》白衣为天子三公，封以平津侯。天下之学士靡然乡风矣。
>
> ——《史记·儒林列传》

这当然指的是学士们都来转向儒学，但公孙弘作为御史大夫、丞相，他的为政风格也有树立风气的作用。而他的个性、作风与后世人所指责的儒术的特征竟是那么天然妙合：

> 弘为人意忌，外宽内深。诸尝与弘有郤者，虽详与善，阴报其祸。杀主父偃，徙董仲舒于胶西，皆弘之力也。食一肉脱粟之饭。故人所善宾客，仰衣食，弘奉禄皆以给之，家无所余。士亦以此贤之。
>
> ——《史记·平津侯主父列传》

他给人一种绝对柔善的外观，但绝不是滥忠厚没用的老好人。《汉书·公孙弘传》还加了一句，说他"无近远，虽阳与善，后竟报其过"，这说明他城府相当深。但他又是一个用俸禄供给宾客的热心人，《汉书·公孙弘传》说他"自见为举首，起徒步，数年至宰相封侯，于是起客馆，开东阁以延贤人，与参谋议"。这并不是虚伪。公孙弘也不像阴谋家那样鬼气森森，"弘为人谈笑多闻"，说明他是个风趣的人。公平地说，这些并非故意为之。汉武帝并非愚儿痴子，而且汉武帝一朝藏龙伏虎，公孙弘自有他过人之处，也就是说他自有让汉武帝特别满意的地方：

> 每朝会议，开陈其端，使人主自择，不肯面折廷争。于是上察其行慎厚，辩论有余，习文法吏事，缘饰以儒术，上说之，一岁中至左内史。
>
> 弘奏事，有所不可，不肯庭辩。常与主爵都尉汲黯请间，黯先发之，弘推其后，上常说，所言皆听，以此日益亲贵。尝与公卿约议，至上前，皆背其约以顺上指。汲黯庭诘弘曰："齐人多诈而无情，始为与臣等建此议，今皆背之，不忠。"上问弘，弘谢曰："夫知臣者以臣为忠，不知臣者以臣为不忠。"上然弘言。左右幸臣每毁弘，上益厚遇之。
>
> ——《汉书·公孙弘传》

这是炉火纯青的儒术，达到了化工、化境，是绚烂之后的朴素。除了他外宽内深的个性、习学《春秋》的政治智慧，还有一个很重要的原因，就是他此时是七十来岁的人了，这份"老成"才是他深算的根底，是能"蒙"住汉武帝的地方。或者我们更应该说这是汉武帝独具只眼的天才之处，他及他的政体所需要的正是这种"老人风格"。庸言谨行、谦虚驯顺、识大体、明大礼、老成持重，这的确是最让人主高兴的一种忠诚，令人主放心、令人主如沐春风。

这种儒术倒是比书本上的那种儒术更难学，汉武帝"独尊"出来的儒术——当时大家能感觉到的主要是这个。公孙弘、董仲舒两种不同的命运就是一个具有说服力的侧面例证。公孙弘的成功也使这种儒术成为一种定式，至少是儒术中的一格，不跟君主要那种师友之间的身份了，而只讲遂顺君主的为臣之道，当然不包含谏君之道。

缘饰与游戏

　　尽管后世许多丞相都在学习、运用公孙弘那种儒术，但我们不能排除那种儒术中有公孙弘个人质量的因素。但以儒术缘饰吏事的做法，不是公孙弘的"专利"：

> 孝武之世，外攘四夷，内改法度，民用凋敝，奸轨不禁。时少能以化治称者，惟江都相董仲舒、内史公孙弘、倪宽，居官可纪。三人皆儒者，通于世务，明习文法，以经术润饰吏事，天子器之。
>
> ——《汉书·循吏传》

　　看来"润饰吏事"还有"化治"之效，因为这个过程包含着用经术教育人的作用。《史记》说汉武帝见公孙弘能这样做而"大悦之"，同时也包含这种喜悦：终于可以将刑与教结合起来了，这样治理民众效果更好一些。这也是事实。

　　但这不是问题的全部，甚至不是问题的主要方面。集权政治的主要精力并不花费在治民上，而是用在内部的权力之争上。儒术缘饰吏事的主要用途是决狱，尤其是那些大案，除了杀人还得有个说法。而汉武帝器重的酷吏如张汤等整人有一套，但要编织一套道貌岸然的说法便无从说起了。

> 时张汤为廷尉，廷尉府尽用文史法律之吏，而（倪）宽以儒生在其间，见谓不习事，不署曹，除为从史，之北地视畜数年。还至府，上畜簿，会廷尉时有疑奏，已再见却矣，掾史莫知所为。宽为言其意，掾史因使宽为奏。奏成，读之皆服，以白廷尉汤。汤大惊，召宽与语，乃奇其材，以为掾。上宽所作奏，即时得可。异日，汤见上。问曰："前奏非俗吏所及，谁为之者？"汤言倪宽。上曰："吾固闻之久矣。"汤由是乡学，以宽为奏谳掾，以古法义决疑狱，甚重之。
>
> ——《汉书·倪宽传》

倪宽被重用的原因就是吏事需要儒术缘饰的原因。若说是为让汉武帝看着高兴吧，那汉武帝为什么要因此而高兴呢？司马迁、班固都解释说，因为汉武帝当时正喜欢儒学（就像汉武帝当年好文辞，不爱听大儒申公为政不在多言的劝告一样），也就是说张汤与汉武帝都入了经术这个语词世界，他们有了同一个游戏规则。儒学从来就认为必须用文化管天下，包括天子；而不能让天子为所欲为地管天下，那样天下非大乱不可，所以帝王师一直是儒门的最高职业期待。可是，过去教皇帝如何修齐治平之类，并不见直接功效，如今皇帝来借用儒术时，儒术反而可附之以行了。王夫之有声浩叹："呜呼！苟有文焉，人思借之矣，遑恤其道之所宜与志之所守乎？"（《读通鉴论》卷十二）张汤之借倪宽正是汉武帝之政治借倪宽也。

我们从董仲舒的《春秋》折狱法中了解了儒术缘饰吏治的内在理路，从公孙弘以儒术缘饰吏事而获宠了解了这种合作的外在机缘，我们从张汤与倪宽的合作看到了缘饰做法的具体情形。同一个案件，两次上报都给退驳回来，没有丝毫新的证据，仅是倪宽用"古法义"一"润饰"就"通"了，一桩大狱就"决疑"了，众人心服、皇帝大悦。而倪宽是一个温良、廉智、自持的醇儒，没有任何个人目的，也没有半点儿恶名。

内行修法好直谏的汲黯同时声讨公孙弘、张汤："徒怀诈饰智以阿人主取容，而刀笔之吏专深文巧诋，陷人于罔，以自为功。"（《汉书·汲黯传》）奇而不怪的是"上愈益贵弘、汤"。汲黯本是黄老派学人，却更像一般观念中的儒者，而公孙弘这样的儒者反而是外黄老而内申韩。

公孙弘、倪宽之所以"以和良承意"，并能"从容得久"，就因为他们已经将与君主玩的游戏规则揣摩得很得体了。他们知道皇上对他们的重用只是利用、借用，因此也犯不上廷折死谏，逆拂龙麟。客观地说，他们是聪明的，谴责他们的人都有着比他们强劲得多的耿耿忠心。当然他们这种游戏（高雅得看不出是游戏）态度瓦解了儒学的道统，即使我们持价值中立的立场也不能赞扬他们这种瓦解力，但是我们也知道其中有势不容已的"客观必然性"。

《汉书·东方朔传》载，汉武帝问东方朔，他手下这些人怎么样？汉武帝列举的人物，从公孙弘到司马迁等不足十人，可见司马迁虽不是名臣却是有名望的人了。然而，司马迁在《报任安书》中沉痛地说："文史星历，近乎卜祝之间，固主上所戏弄，倡优畜之，流俗之所轻也。""倡优畜之"揭破了所有"文史"工作者所处地位的真相，公孙弘之辈不过就是会"缘饰"、肯"缘饰"罢了。

研究《史记》的人说司马迁单写《滑稽列传》是"春秋笔法"，是寄托着感慨的。可惜东方朔的事乃褚少孙补充，可以见朔之事而见不到迁之"义"了。《汉书·东方朔传》开头即说，汉武帝召征天下士子，"上书言得失，自衒鬻者以千数，其不足采者辄报闻罢"。东方朔以"文辞不逊，高自称誉"，获得汉武帝另眼相看（"上伟之，令待诏公车"）。他"直言切谏，上常用之。自公卿在位，朔皆敖弄，无所为屈"。他不是那种唯唯诺诺、仰承颜色的真弄臣，而是与公孙弘、董仲舒有着同样出身、胸怀大志的大丈夫（《答客难》中一唱三叹），他感叹战国时代的士子能大有作为，如今海内为一，皇帝"用之则为虎，不用则为鼠"。他跟皇帝的游戏关系是公开化了的，所以他反而敢"直言切谏"，这也说明他在"不当真中认着真"，虽自诩"大隐于朝"，但并未高蹈到哪里去，只是与公孙弘在"认真当中不当真"的游戏方法不同罢了。但公孙弘位至三公，是中行的楷模，东方朔则是个执戟狂士而已。倒是东方朔借了俳优身份有言论自由，从而被视为维系儒术真精神的人。直到清代想大搞改革却又摸门不着的龚自珍还自认是东方朔的"后身"。

先杂后俗的儒学

权力与道德本质上是对立的，作为权力化身的皇帝天然是法家。但不知从何时起，皇帝都俨然成了儒学宣传家——哪怕仅仅是说说，儒学毕竟成了官方话语系统的基干，尤其是在明清两代。唯朱元璋公然自供：朕是法家。他骂孟子，削改《孟子》，但真正全面贯彻了孟子之教育蓝图的就是他。

刘邦以无赖起而终为天子，开夏、商、周、秦以来新局面。从战国起，儒学由显学逐渐向齐鲁一隅收缩，以人存道，中经秦火汉刀而尤能复出于汉武帝之世，而且《诗》《书》《礼》《易》《春秋》并出，这是个奇迹。但这个"道统"要与一个没有任何文化传统的刘汉政权相结合，真用得上东方朔那句空口禅了："谈何容易！"

汲黯曾面讽汉武帝崇儒虚名亡实而已。事实上，汉武帝尊儒术本身就是一"术"，他要借用儒之术来使自己的作为有个好"说法"。他晚年好神仙，道家也并未真被罢黜过等就不用说了。儒学主要用于化治民俗，皇家自己的事情自有家法，汉武帝并没有把儒术当成"传家宝"。汉宣帝那段名言说得一清二楚：

汉家自有制度，本以霸王道杂之，奈何纯任德教，用周政乎！且俗儒不达时宜，好是古非今，使人眩于名实，不知所守，何足委任。乃叹曰："乱我家者，太子也！"

——《汉书·元帝纪》

这位太子就是汉元帝，他因劝父皇"宜用儒生"而引来这段训斥，他为帝后真用了儒生，结果班固说使"孝宣之业衰焉"。汉成帝被汉元帝教导得儒风盎然，又因太孝顺了而开了外戚掌权的端。汉哀帝转过来，因"睹孝成世禄去王室，权柄外移，是故临朝屡诛大臣，欲强主威，以则武、宣"。到了汉平帝，就是王莽说了算了。要说真把儒术移到政治上来广泛推行，还就是王莽，他也因此而得了"以《周礼》乱天下"的恶名。儒学中人又说他用的"经"本是"伪经"。若是王莽真成功了呢？那当然是另一番景象，另一套说法，至少儒学"国有化"的程度会大大提升。

当然，这个帝王将相的谱系只有局部的说明意义。儒学四百年来一直是"私学"，它的根底在民间，它那平民色彩的人道主义决定了这个学派的高贵的品位。在没有更完善的学说之前，它的确是人间正道、社会公理的"化身"，这是"私学"的民间性、相对的独立性带给它的光泽。但是，在未确立正统地位之前，它已被杂化（《吕氏春秋》是典型例证），从荀子到董仲舒这百年历史是儒学变杂的历史。等这个杂化的儒学确立正统地位以后它又变"俗"了——儒学普及了，品位却大大降低了。

在古代中国，儒学确立正统地位，它的实质性的要件：一是儒者当大官；二是儒学经典成为"统编教材"，以培养后续官员，这还是围绕着人事问题的，这一点我们在下一节专门评述。今天看来所谓的官方哲学的确立，在当时只是个用什么人执政，从而保持什么样的行政作风——政治风格问题，如是主杀伐还是主教化之类。那些在守令岗位上的循吏对老百姓施行"富之，教之"的儒化管理，只要不牵扯上层矛盾，"当家的"还是蛮高兴的。在他们的观念中，儒学及儒者就当定位于教育、宣传、化治民俗上，汉宣帝讲的"霸王道杂之"，就是把儒——王道这样摆布的，要点还是在于儒者"何足委任"！

汉武帝尊儒的主要表现是大量起用儒者，放手让儒者去干活儿：封禅大典、制礼作乐、出使外邦、抚慰诸侯、缘饰吏事……制造一种浩浩荡荡的气象。汉武帝的成功之处在于他并未独尊儒术、独任儒者，他打仗有卫青等、杀人有张汤等，他的创造性的思路是破格让公孙弘为相，从而有了一个中和方面的"秘书长"。汉武帝需要的是符合他意图的办事员，他需要大批的、绵绵不断的文吏，这是儒学能确立正统地位的原因，也是它变"俗"了的原因。

公孙弘还是处在纽结上的人物。他有感于那些"明天人分际，通古今之谊，文章尔雅，训辞深厚，恩施甚美"的"诏书律令"颁布以后，那些"小吏浅闻，弗能究宣，亡以明布谕下"——不能很好地传达、贯彻，所以他提议：

> 以文学礼义为官，迁留滞。请选择其秩比二百石以上，及吏百石通一艺以上，补左右内史、大行卒史。比百石以下，补郡太守卒史。皆各二人，边郡一人。先用诵多

者，不足，择掌故以补中二千石属，文学掌故补郡属，备
员。请著功令。

——《汉书·儒林传》

这段话拗口，句读也有争议，大意是：提拔那些擅长"文学礼
义"的官吏。百石薪水以上的官吏提拔到中央来充任礼、史、"秘
书"等岗位；百石这个等级以下的提拔去做太守的"秘书"。先选拔
"诵多者"（博学而通达的人），不够数再挑熟习"掌故"的。所谓的
"掌故"其实是许多"不成文法"的惯例，也是专门学习、整理这方
面知识的官员的称谓。这个建议，汉武帝批准了：

制曰："可。"自此以来，公卿大夫士吏彬彬多文学之
士矣。

——《汉书·儒林传》

司马迁在《史记·儒林列传》的开首说："余读功令，至于广厉
学官之路，未尝不废书而叹也。"他为什么如此感慨、如此激动呢？
清代的文章名家方苞说：

盖叹儒术自是（此）而变也。古未有以文学为官
者。……其以文学为官，始于叔孙通弟子，以定礼为选
首，成于公孙弘。……而弘之兴儒术也，则诱以利禄，而
曰以文学礼义为官，使试于有司，以圣人之经为艺，以多

诵为能。通而比于掌故，由是儒之道污、礼义亡而所号为文学者，亦与古异矣。子长（司马迁）所读功令，即弘奏请之辞也。自孔子以来，群儒相承之统，经战国、秦、汉孤危而未尝绝者，弘乃以一言败之。而其名则曰厉贤材，悼道之郁滞，不甚可叹乎。

——《方望溪全集》卷二

方苞写了《方望溪全集·书儒林传后》，意犹未尽，在《方望溪全集·又书儒林传后》追问，像公孙弘这样降儒学为文学，更递降为"记诵比掌故"——"此中尚有儒乎？"这一问问得好。所谓儒学确立正统地位，落到实处的就是这种文吏化——化文吏，当然儒士也因此化为文吏，这条"广厉学官之路"在当时是大受欢迎的，对儒学自身的影响也至为深重。

但是，尔后文吏出身的丞相增多了，仅从《史记·张丞相列传》后的补传中抄几则：韦贤，"以读书术为吏"，"后竟为丞相"。魏相，"以文吏至丞相"。邴吉，"以读书好法令，至御史大夫"，后为相。黄霸，以读书为吏，为相后"以礼义为治"。韦玄成，"少时好读书，明于《诗》《论语》"，由御史大夫晋升为丞相。匡衡，"从博士受《诗》"，"数射策不中"，后"补平原文学卒史"，数年，又"补百石属荐为郎，而补博士"，他因汉元帝好《诗》而升迁，至丞相。魏、邴二人是汉宣帝起用的"名相"，看来，他们虽能"明经"，却不是汉宣帝蔑视的不中用的儒了。韦、匡之属"皆持禄保位，被阿谀之讥"，用"古人之迹"做标准来衡量，则徒有儒的架子，相去甚远了（《汉书》卷八十一）。

经典教育

人们一般认为八股取士法的始作俑者是王安石之以经义取士，科举制始于隋代。其实，这只是指出了"近宗"，而"远祖"在没有新证据出现前，可以说又是公孙弘。不是公孙弘有创造性，而是他处在中国历史进入"大一统"的那个入口处。当时一桩具体事情遂成为有着说不尽含义的大事件。

公孙弘那篇奏请使儒学变成秘书学的上书，首先讲的是恢复旧学官和考试取士。恢复秦代就设置了的博士官，无新意，但说博士弟子由太常"择民年十八以上，仪状端正者"来补，值得注意。还有一个来源是"郡国县道邑"经过慎重的全面考察推荐上来，经太常认可，像博士弟子一样"受业"。一年后，两种来源的博士弟子参加"统一考试"：

> 一岁皆辄试，能通一艺以上，补文学掌故缺；其高弟可以为郎中者，太常籍奏。即有秀才异等，辄以名闻。其不事学若下材及不能通一艺，辄罢之，而请诸不称者罚。
>
> ——《史记·儒林列传》

这很可能是秦之"吏师制度"的翻版。像董仲舒用"《春秋》大一统"代法家之"一教"一样，公孙弘用儒家经典代替"法令"做了统编教材，这至少符合"汉承秦制"的宏观特征。即使如此，这也是大事件，这才把儒术真正推到了尊崇的地位。因为任何一种思想体系的传播，最有威力的形式就是成为"统编教材"，儒家从此成为教育思想上的正宗，一直传到清末。

博士各授一经，博士弟子员"能通一艺以上，补文学掌故缺"，最优秀的去当郎中（官名），这与后来国子监的学生通过科举考试去当官殊无二致。只是越后来越严密而已，模式是一样的，但博士弟子的来源靠太常（相当于民国后的教育部长）选拔、靠郡国举荐的方式与后世不同。而且选补不实的，举荐者要受处罚，如山阳侯张当居就因选补不实而被定为"城旦"。公孙弘这个建议是在发挥董仲舒《天人三策》中的意思："臣愿陛下兴太学，置明师，以养天下之士，数考问以尽其材，则英俊宜可得矣。"董氏首倡恢复太学（说这是三代古法），到公孙弘"请著功令"才变成现实。但通过考试很难，而且越来越难。汉顺帝以后，太学生竟达三万余人，既有十八岁以下的"童子郎"，也有六十岁以上的老头子，"结童入学，白头空归"者伙矣。更关键的是问题的性质："请试士于太常，而儒术之污隆。自是而中判矣。"（《方望溪全集》卷二）

这种以儒学经典为教材的"经典教育"体制，促进、刺激了经学的畸形繁荣，简而言之，就是经院化、实用化的毛病空前绝后，当时自然是蔚然成风。《汉书·儒林传》总结得还算扼要：

自武帝立五经博士，开弟子员，设科射策，劝以官
禄，迄于元始，百有余年，传业者浸盛，支叶蕃滋，一经
说至百余万言，大师众至千余人，盖禄利之路然也。

"一经说至百余万言"，这是孔子不曾梦见的。擅长一经的大
师能有千余名从学者，可见汉代私学的盛况。这其中有许多已成佳
话的，甚至可以说可歌可泣的"传经授业"的故事，当然更有许多利
禄之徒。国家若不将学与仕结合起来，单靠学说自身的吸引力肯定
不会如此壮观。随便翻翻《汉书》中的内容，就会发现，自汉宣帝朝
开始儒学经术已深入帝王将相的文化生活中去了，读书人苦攻经术
的事情更是家常便饭了。由于大一统的体制及儒学自身的风格所
规定，汉代书生没有了战国策士的脾气、气焰。他们不得不埋头纸
堆与书斋。但是，他们似乎并不苦闷，他们的出路要比后来的士子
们宽广得多，仅征辟一项就名目不少，荐举的科目不算少，补"百
石"、补掌故、补博士也是出路（如匡衡），由博士弟子考出来更是
官道。无论是入官学（太学、郡国学），还是入私学，他们都满怀着
信心，"射策得中""通一艺以上"等指标鼓舞着他们皓首穷经。所
以，到西汉末年，见小不见大、支离破碎、牵强附会等经院化的毛病
已赫赫然了：

往者缀学之士不思废绝之阙，苟因陋就寡，分文析
字，烦言碎辞，学者罢老且不能究其一艺。信口说而背传
记，是末师而非往古，至于国家将有大事，若立辟雍、封

禅、巡狩之仪，则幽冥而莫知其原。……雷同相从，随声是非。

——《汉书》卷三十六

　　古文经大师刘歆如此指责西汉盛行的今文经，而东汉盛行的古文经依然有这个特征，只有训诂成绩好于西汉（如马融）。尽管古文经学基本上是以历史学的眼光和态度对待孔子和经书，比玩玄虚的挖所谓义理的今文经学平实一些、学术化一些，但在讲究"通经致用"这一点上两派是相似的，因为经学繁荣、兴盛的前提是皇帝要使用、政治上也需要。这两派的主要区别是今文经以《公羊传》为主，古文经以《周礼》为主。今文经的拿手好戏是：以《春秋》决狱，以《禹贡》治河，以《诗经》当谏书，通了《易经》给皇帝打卦，最后走向谶纬。古文经则不鸣则已，下手就是起明堂、立辟雍，在礼典大则上显身手，最厉害的就是真改制——刘歆是王莽的国师。这两派争论的主要焦点是立某经之学官否，由此引发谁是经学正统。至于所谓用隶书（今文）写的，还是用籀书（古文，秦统一以前的文字，汉代已不通行）写的，虽是基本问题，却不是非争不可的。这种浓得化不开的政治情结真是中国士子的绝症，尤为悲惨的是在皇帝面前争宠。日常的供奉不必说了，居然有皇帝出面当"教皇"钦定学术问题的石渠阁会议、白虎观会议。经学与政治的"血缘关系"一目了然，争来争去只是深化了政教合一的进程而已。钱宾四先生曾愤慨地说："汉儒之经学，非即孔子之学也。……不脱秦人政学合一之趋向，非学术思想本身之进步。"（《国学概论》第四章）

汉代真正令人尊敬的学者、思想家一是扬雄，借经书展开纯理论探讨，推动了哲学思想的进步，刘歆说他的书将被人"用覆酱瓿也"，劝他何必"空自苦"？（《汉书·扬雄传》）二是王充，批判经学，尤其是谶纬神学，成为了不起的思想文化批评家。三是郑玄，不为今古文经所局限，留下了最为人信赖的注经解经的著作，基本上沿用至今。这三个人有个共同的特点：不搞实用主义。他们与那些因是某一经的大师而成为显宦，或因是高官而成为某一家的代表，并因此而与"门生故吏满天下"的学派领袖形成鲜明的对照。

但是，经师因学派而形成门阀，却既开了朋党政治之端绪，也形成了士绅集团成为一种重要社会力量的传统。这两项都是后来历史上的重要节目。而且可以大胆地妄断，正是这个介于学与官之间的士绅阶层是儒学传统的载体，尤其是在改朝换代之际、异族入主之秋。儒能形成一种"统"，就社会力量而言，主要是靠士绅这一阶层支撑着；思想上则靠那些在"荒村野店"做独立思考的人们，如王通之于唐、张载之于宋。

有了书院之后，儒学才得以复兴、壮大、成熟。这是宋、明两代最光荣的事情了，尤其是真以"尊德行、道问学"为宗旨的书院，它使儒学有了自己的"学校"。另两类，一类是"科举辅导班"，宋、明都有，清则全是，它接近汉之章句经师的私塾；另一类是清议参政派，如东林书院，显然与东汉清流一脉相承，结局也是同遭党锢之祸。

要从风格上说，致用经师一路像荀子，清议一路像孟子。真正像孔子的，没有。